不時輕聲地以俄語遮羞的鄰座艾莉同學

Иногда Аля внезапно кокетничает по-русски

8

Kadokawa Fantastic Novels

「喔，等你好久了，
久世學弟～
不給糖
就搗蛋！」

「啊啊～～阿薩，你來啦～～」

「嗚嗚……」

目錄

序章　祕密……011
第1話　初戀……017
第2話　謊言……042
第3話　純粹……077
第4話　吐露……108
第5話　慌亂……135
第6話　遊戲……176
第7話　音樂……227
第8話　交誼……267
第9話　祝福……289
第10話　告白……312
終章　懺悔……330
後記……334

註：

請勿隨意觸摸。

雖然沒刺也沒毒，

卻非常危險。

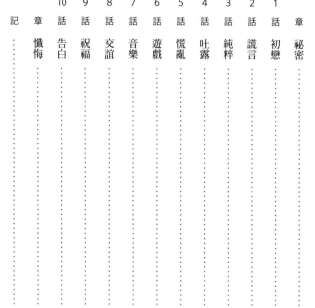

不時輕聲地以俄語遮羞的鄰座艾莉同學 8

Иногда Аля внезапно кокетничает по-русски

story by sun sun
illustration by momoco
燦燦SUN
插畫 ももこ

Kadokawa Fantastic Novels

序章
祕密

十月中旬的某天深夜，綾乃忽然覺得睡不好而清醒。

（好……熱……）

一醒來立刻感覺全身逐漸籠罩熱氣，不耐煩地掀開身上的被單。最近終於會在晚上感受到涼意，所以拿出薄被來蓋……不過今晚實在很悶熱。

（明明……已經是……秋天了……）

綾乃就這麼翻身再度試著入睡，但是不到十秒就發覺無法入睡而起身。

（上廁所……）

為了避免吵醒家裡的人，綾乃比平常更注意別發出聲音，走出自己房間。行經陰暗的走廊，上完洗手間，準備回到自己房間……的時候，細微的聲音碰觸綾乃的耳朵。

「！」

該不會吵醒誰了吧……這個可能性閃過腦海，留在骨子裡的睡意瞬間被吹走。如果這個聲音來自以爺爺奶奶為首的某位幫傭就算了，但如果醒來的是綾乃服侍的周防家某人……就只能磕頭謝罪了。

恐怖的猜想使得身體顫抖，綾乃一邊祈禱是自己聽錯，一邊走向聲音傳來的方向。走上階梯，穿過走廊轉彎……看見映入視野的人影，綾乃好想仰天懊悔。

長長的黑髮綁成麻花辮，身穿睡衣的女性背影。這個人無疑是綾乃所服侍周防有希的母親——周防優美。

（只能磕頭謝罪了……！）

綾乃情急之下如此心想，擺出飛撲磕頭的準備動作……在最後一刻打消念頭。如果優美和綾乃一樣只是上個廁所就立刻回去就寢，現在貿然嚇到優美害她失去睡意的話，可能反倒會造成困擾。

這時候故意別搭話，隔天早上再磕頭謝罪才是親切的做法吧。沒錯，就這麼辦。

就這樣在心中決定天亮再磕頭的時候……綾乃忽然察覺怪怪的。

「……？」

在走廊前方行走的優美腳步，即使除去剛睡醒這一點也過於蹣跚。不只如此，優美前往的地方不是廁所。

（要去哪裡……？）

綾乃總覺得擔心起來，追在優美身後。然後她看見優美蹣跚進入的那個房間，明顯不知所措。

（鋼琴室？在這種時間要做什麼……）

總不可能在這種三更半夜演奏鋼琴吧。這樣的話，是有什麼東西忘在裡面嗎……如此心想的綾乃悄悄從半掩的門窺視室內，眨了眨眼睛。

（優美大人……？）

月光射入的室內，優美坐在平台鋼琴前面。不過就只是這樣而已。沒打開鍵盤蓋，視線筆直朝向鍵盤與譜架之間的部位……看似如此，其實沒在看任何地方。

「！」

優美的舉動很突兀。察覺原因之後，綾乃全身發毛。竄過背脊的恐懼感，引得綾乃忍不住想要「叫醒」優美——

「慢著。」

一旁傳來這個聲音，使得綾乃嚇一跳轉身，然後睜大雙眼看向低頭注視她的高大人影。

「老爺——」

綾乃正要出聲的時候被對方舉起單手制止，於是緊閉雙唇。接著嚴清慢慢走到優美身旁，朝著持續定睛注視鋼琴的女兒搭話。

「優美。」

即使是父親的呼喚，優美也沒產生特別的反應。但是嚴清沒有繼續多說什麼，就只是繼續靜靜地守護女兒。

忽然間，優美慢慢閉上雙眼，身體搖晃傾斜。綾乃「啊」地驚叫跑過去之前，嚴清就像是早就料到般扶住優美的身體，然後以不像是年近七十老人的臂力，抱起完全失去力氣的優美。

「老爺，這裡由在下——」

「免了。」

綾乃輕聲表示想要幫忙，嚴清簡短拒絕之後，走向優美的臥室。綾乃懷著忐忑的心情跟在後方，但是嚴清以平穩的腳步走到優美的房間，從沒關的房門入內，讓女兒躺在床上。

然後嚴清靜靜走出房間關上門，綾乃忍不住發問。

「那個，老爺……優美大人的那個行為是……」

綾乃保留「夢遊」這個決定性的名詞輕聲發問，嚴清輕嘆口氣之後回答。

「直崇過世之後，她也偶爾會變成那樣……直到她認識恭太郎，我以為已經康復，但是從幾天前又開始發作。」

「從幾天前……？」

當時發生的事。綾乃立刻想到可能的原因，睜大雙眼。

「妳也去睡吧。這件事務必要保密。別告訴有希，也別告訴優美本人。」

嚴清只這麼吩咐之後，就立刻走向隔壁自己的房間。綾乃錯愕佇立在原地，甚至忘記向他的背影致意。

（在下當時……）

優美的夢遊症狀，假設是來自心理上的壓力，那麼可能成為病因的事件，綾乃只想到一件事。

（在下當時的行為是多管閒事嗎……）

在秋嶺祭讓優美聆聽政近的鋼琴演奏。看見政近嘗試前進的身影，囚禁在後悔的優美或許可以減輕心理負擔。綾乃那時候是這麼想的……

（政近大人……在下似乎做錯了……）

後悔與無力感籠罩綾乃全身。

光憑自己的膚淺智慧，終究無法拯救優美的心。這是當然的。因為連那位有希都無法拯救優美的心。有希也是……而且恭太郎肯定也一樣，即使能夠治癒優美的心，也沒有辦法拯救。如果有人能夠拯救優美的心，那就是……

「……」

綾乃仰望夜空高掛的月亮，許下心願。

我知道。不只是優美內心受了傷，政近內心也受了更重的傷。

所以無法化為言語。無力又無才的自己只能許願。

希望自己尊敬的主人願意拯救優美……以及有希。

「求求您……」

綾乃將說不出口的心願藏進心底，轉過身去。

第1話
初戀

接續運動會的上午賽程，學生會下任會長參選人的出馬戰結束，征嶺學園的操場充滿開朗熱鬧的氣氛。在稍微遠離操場，氣氛截然不同的寧靜校舍裡。

「呼……」

走出一年B班的教室，前進幾步之後輕聲嘆氣的是久世政近。

艾莉莎在出馬戰敗給有希綾乃組，在教室獨自消沉。政近鼓舞這樣的她，約定會幫她慶生……但是在瀟灑走出教室的現在，他回想起自己的言行之後渾身發抖。

（唔喔，有夠做作……我超噁的。）

羞恥心早早就湧上心頭的政近，快步走向操場準備吃午餐。他一邊走一邊尋找爺爺奶奶的時候，先發現他的爺爺知久迅速舉手。

「喔，喂～～政近！這裡這裡！」

「慢著，不要動不動就大喊啦，很丟臉……」

周圍的家族也正在用餐，所以沒特別引起注目，不過政近是青春期的男生。他藏不住羞恥心，縮著肩膀匆忙走到爺爺奶奶那裡。

「哎呀～～歡迎你來～～好啦，快坐吧。」

奶奶麻惠純真地表達喜悅，政近稍微露出苦笑，坐在塑膠墊上。

「來，濕毛巾。」

「啊啊，謝謝。」

雖然騎馬戰結束之後有去廁所洗手，但是政近還是接過毛巾輕輕擦手，然後瞥向周圍，確認剛才和爺爺奶奶在一起的母親不在這裡。同時政近也想到父親不在，不經意開口。

「爸爸還沒來啊。但他早上傳簡訊說中午會到。」

「唔，總之應該是遲到了吧？比方說飛機搭過站之類的。」

「飛機哪會搭過站啊？又不是電車。」

政近吐槽知久之後，打開便當盒的麻惠發出開朗的聲音。

「好啦，多吃點吧～～？小近你愛吃的火腿也有很多喔～～」

「喔唔，切得好厚……」

「這樣看起來比較好吃吧？」

和孫子一起用餐，麻惠愉快地咪咪笑。在別人面前和爺爺奶奶一起用餐，政近感受到青春期特有的害羞心情，但是面對這張純粹的笑容也不能多說什麼。

「我要開動了。」

政近合掌稍微低頭之後，乖乖將筷子伸向奶奶的便當。看著這樣的他，知久與麻惠露出開心……以及像是稍微放心的笑容。

◇

「呼……吃太多了。」

心想起碼要消化一下，在操場周邊閒晃的政近輕聲這麼說。

為了避免影響到下午的競賽，政近自認控制到八分飽，但是麻惠每道菜都勸他多吃一點，所以不由得就吃太多了。

（對了……去保健室看看狀況吧。）

政近忽然冒出這個念頭，走向校舍。之所以這麼說，其實是因為在剛才的騎馬戰，己方陣營有人受傷了。具體來說是乃乃亞與毅。

（聽說當時撞得很用力……以那傢伙的個性，肯定是在橄欖球賽會被判犯規的那種衝撞吧。）

回想起當時在騎馬隊前頭，推測是主動撞向敵方的那名少女，政近露出苦笑。但也因為帶頭衝撞的乃乃亞最華麗地受傷，所以這張苦笑有一大部分是歉意。雖說受傷也只是擦傷，但終究是女生，而且有在當模特兒，既然這樣的人受傷，政近內心也是歉意勝出。

（但她本人不以為意就是了……說真的，這種毫不猶豫的作風真恐怖。如果是自己人就太可靠了～～若要這麼說的話也是啦……）

然而先不論做法，她是為了讓艾莉莎與政近獲勝而這麼做。既然還在保健室休息，拿點東西過去慰問也是理所當然的關懷吧。

順便提一下毅的狀況，當時沙也加因為衝撞的衝擊而差點落馬，毅在保護她的時候不知道是撞到她的手還是背還是臉而流鼻血，算是光榮（？）負傷。

如果只是這樣，毅的臉卻紅得很奇怪，沙也加的態度也有點尷尬……但是政近刻意什麼都不問。具體來說是怎麼保護導致哪些部位怎麼接觸，這部分雖然不清不楚，政近卻沒有深究。朋友的幸運色狼事件，就算聽到也不知道該怎麼反應。

（那麼，乃乃亞她……）

政近從沒關的拉門看向保健室內部，靠近門的病床布簾是拉上的。

（唔喔，有人躺在裡面嗎？）

如果是這樣的話，發出聲音不太好。如此心想的政近靜靜進入保健室，默默環視室內。老師看來也湊巧離席，視線範圍沒有人影。

（不在嗎……終究已經回去了？）

政近心想這樣也好，正要走出保健室的時候——

『鎮靜下來了嗎？』

身旁布簾後方傳來的男性聲音，令他頓時停下腳步。

（咦，為什麼？）

以為只是別人的聲音很像，政近連忙豎耳聆聽……接著傳來的另一個聲音令他心臟凍結。

『嗯……對不起。剛才突然哭出來……』

這是無論經過多少年都絕對忘不了的聲音。有時候追尋，有時候逃避的……母親的聲音。

察覺這一點時，政近得知先前的聲音……是父親的聲音沒錯，所以更加混亂。

（為什麼？為什麼？）

問號在腦中捲成漩渦。為什麼這兩人會在一起？知久與麻惠說謊嗎？為什麼……

『沒關係的。願意說原因嗎？』

『……我不知道……看見有希，看見政近之後，總覺得……』

『這樣啊……不用焦急沒關係的。沒能好好整理也無妨，可以慢慢告訴我嗎？』

政近像是被縫在原地般僵住，兩人的聲音穿過他的耳朵。

陷入混亂漩渦的大腦，不願理解對話的內容……即使如此，也知道兩人之間確實維持著親愛之情。

認知到這個事實的瞬間……

「！」

回過神來，政近已經衝出保健室。

「呼，呼……嗚！」

像是長時間全力衝刺之後般氣喘吁吁，伸手撐在走廊牆壁。映入視野的走廊地面奇妙地變得朦朧。

早就知道了。那兩人……父母在離婚之後也偶爾會見面。父親恭太郎什麼都沒說，但是這種程度的事情，政近不用聽他說也已經察覺。然而……

（為什麼，那麼……比以前更加……）

說到鮮明刻在政近腦中的父母身影，就是為難的父親被情緒化的母親苛責的身影。

可是……剛才隔著布簾傳來的兩人聲音是更早之前，兩人還很恩愛時的聲音……

（為什麼，為什麼……）

問號在腦中捲成漩渦，思緒被拖進漩渦底部。

如果還有心心相印的感情，如果還有相互扶持的意願，為什麼你們兩人要分開？

到底是為了什麼……為了誰……

「嗚！」

突然感覺一陣作嘔，政近連忙摀住嘴巴，然後將不知何時縮起的上半身打直，以顫抖的肺做個深呼吸。

「唔，咕……」

將內心深處湧現的某種東西嚥下去，反覆眨眼讓朦朧的視野復原。回復之後……綾乃從前方走廊的轉角現身了。不只如此，她後方出現意料之外的人物，使得政近目瞪口呆。

「！」

對方似乎也同時察覺這裡，走在前方的綾乃頓時停下腳步。但她身後的人物沒停下腳步，所以綾乃也一邊以眨眼表現內心的慌張一邊再度邁步。

（為什……麼……）

看見走在綾乃後方的……外公周防嚴清，政近感到錯愕。

雖然好幾年沒見面，但他充滿威嚴與活力的身影絲毫不顯衰老，注視這邊的冷酷眼神也絲毫沒有改變。看他身穿西裝，應該是在工作的時候抽空過來，或是已經完成工作回來吧。

思考這種事的時候，彼此的距離繼續縮短，嚴清在距離約兩公尺的時候停下腳步，低頭瞪向政近。

「好久不見。」

「……」

嚴清姑且算是打了一聲招呼，但是政近猶豫該怎麼和他交談。以前是以名門子弟應該使用的敬語交談……但是依照現在的關係，真的需要以敬語交談嗎？就算這麼說，長年以來被植入的上下關係，也妨礙他使用敬語以外的語氣。

「……來做，什麼？」

結果從政近口中說出的，是不算敬語也不算普通語氣的結巴發問。對此，嚴清稍微瞇細眼睛回應。

這雙冷酷的眼神，像是看透表情深處的這雙視線，政近覺得自己的一切都被看穿。緊接著，無法言喻的羞恥心與反抗心同時湧上心頭。

「我聽說優美昏倒，只是過來接她罷了。」

但是嚴清似乎毫不在意政近內心的糾結，只說出這段話就經過政近身邊。

「無論如何，都是和你無關的事。」

擦身而過時說出的這段話，導致反抗心在政近胸口湧現。他頓時一個轉身，瞪向嚴清的背影……

「……！」

然而張開一半的嘴巴說不出任何話語。對於「和你無關」這句話，政近想不到任何反駁，只能目送嚴清離去。綾乃交互看著政近的臉與嚴清的背，顯得不知所措。

「……」

但是在遲疑數秒之後，綾乃在最後向政近行禮，追在嚴清身後離開。

不經意看著兩人進入保健室的政近，腦中掠過這樣下去可能會撞見優美的想法。掠過之後，政近立刻快步離開現場。

「唉……」

走出校舍之後仰望天空。朝著記錄了非典型夏日的秋季天空，從胸口深處沉重吐出長長的一口氣。

「……」

已經不再作嘔。只有「又逃避了」的想法占據內心。

「嗚呃。」

沒伴隨嘔吐感的這個聲音，到底是對誰發出的？政近沒有特別自覺或是自我分析，就這麼輕輕搖了搖頭，基於義務走向學生會使用的帳棚。

不知道其他幹部還在用餐或是在工作，帳棚下方沒有人。但是對於不想和任何人說話的政近來說剛剛好，他粗魯地往折疊椅坐下。

（唉～～啊，要是維持這種感覺，可能又會被瑪夏小姐安慰了……）

心不在焉思考這種事……忘我數秒之後，政近腦中竄過一道閃光。

（咦，有希她怎麼了？）

想到這裡，政近對於事到如今才關心妹妹的自己冒出強烈的怒火。

政近被想要痛毆自己的衝動驅使，衝出帳棚開始尋找有希。

一邊將視線掃向周圍的人群，一邊繞著操場外圍行走。然後政近發現有希正在入場大門附近和像是執行委員的數名學生交談，立刻跑了過去。

「有希！」

大聲這麼一喊，不只是被呼叫的當事人，周圍的學生都轉身看過來。感覺來自周圍的視線隱含許多好奇的情感，政近在瞬間畏縮，然後立刻察覺這些視線的意義。

（啊，對喔。我們是……）

是在短短幾十分鐘之前，以出馬戰對決的敵對候選人。這兩人會進行何種對話？周圍的學生是在注目這一點。

「！」

因為後續發生各種事所以完全忘記出馬戰的政近，對於出乎預料受到周圍的注目感到咬牙切齒。

大概是體貼這樣的哥哥，有希主動走向政近，露出淑女般的笑容開口。

「哎呀，怎麼了嗎？政近同學。看你這麼慌張。」

「……」

有希意識到旁人目光而擺出客套態度，政近思考該怎麼搭話……

「……沒事嗎？」

結果說出口的是這個抽象的問題。對此，有希稍微歪過腦袋回答。

「啊啊，出馬戰最後的那個嗎？我沒事。因為艾莉同學穩穩接住我了。」

政近這個問題的意思，有希並不是沒聽懂。明明有聽懂，卻假裝在聊出馬戰的話題告知「我沒事」。政近清楚理解這一點，再也無法多說什麼。

如果彼此和國中部那時候一樣是選戰搭檔，政近應該可以稍微強硬帶走有希關懷她吧。

然而現在兩人是敵對參選人，貿然行事會招致不必要的誤解或臆測。正因如此，所以政近沒能多說什麼。

「謝謝你特地過來擔心我。那麼，我還有工作要忙。」

「啊啊……這樣啊。」

就只能目送妹妹的背影離去。

政近感覺到周圍的好奇視線逐漸移開，在無力感的陪伴之下，無精打采走向學生會帳棚。途中，一個熟悉的聲音傳入垂頭喪氣的政近耳中。

「政近大人。」

聽到這聲呼喚抬頭一看，眼前是身穿運動服的綾乃。應該是目送嚴清他們離開之後回來了。

被兒時玩伴定睛注視，政近看著她的臉蛋無力一笑，以稍微沙啞的聲音說。

「抱歉，綾乃……有希的事就拜託妳了。」

對於政近聽起來像是精疲力盡的這個請求，綾乃和往常一樣行禮致意。

「請交給在下吧。」

然而和往常不一樣……她沒有說到這裡就結束。

「但是……」

「？」

政近揚起單邊眉毛冒出問號，綾乃稍微游移視線，然後像是下定決心般告知。

「在下認為有希大人現在最需要的……是政近大人。」

「！」

「恕在下告辭。」

總覺得像是伴隨責備般的視線告知的這句話，尖銳刺進政近的胸口。綾乃朝著錯愕佇立的政近再度行禮，然後行經政近身旁離開。

政近甚至沒能目送她的背影，就這麼慢慢地垂頭喪氣，走回學生會帳棚。就這樣在無人的帳棚裡坐在折疊椅，眺望陽光閃耀的操場瞇細雙眼，然後輕聲呢喃。

「好冷……」

◇

時間稍微往回推——在政近離開的教室裡，艾莉莎陷入混亂的漩渦。

（戀愛？我在戀愛？對誰？對政近同學？）

腦中重複著不知道是第幾次的自問自答。

（不，並不是……因為，我，不可能，戀愛什麼的……）

相較於即使語無倫次依然試圖否定的腦袋，胸口反而因為不可思議的幸福感而小鹿亂撞。艾莉莎忍不住以雙手掩臉，猛然坐在椅子上。

（給我冷靜下來，九条艾莉莎！回想起自己的理想吧！）

然後以堅定的話語激勵自己。

沒錯，自己的理想……想要維持完美。追求包括自己在內，不讓任何人蒙羞的生活方式。身為人類是如此……身為女性也是如此。

艾莉莎心目中理想的女性形象大致分成兩種。

其中一種，說穿了就是鋼鐵女性。不需要男性，自己一個人就是頂天立地的完美個體。好帥。肯定帥氣無比。

至於另一種……說穿了就是比翼連理的佳偶。遇見完美又理想，命中註定的伴侶。只將彼此視為獨一無二的搭檔，相互扶持切磋度過這一生。好美。可說是任何人都認同的美麗人生吧。

（沒錯……成為我人生搭檔的這個人，必須是完美、理想又命中註定的人！）

如果要完美又理想，當然必須是在各方面都配得上自己的對象。換句話說……

（長相好，身材好，頭腦也好，運動細胞也超群，即使得天獨厚也依然勤於努力的個性……然後可以的話要溫柔又紳士。）

進行滿滿的自我評價到最後，艾莉莎稍微加上自己的願望。但她對於容貌其實沒有那麼堅持，所以最重要的可說是最後那段願望。

先不提是否自覺這一點，艾莉莎重新冷靜，以冷靜的心態評價政近。首先是容貌。

「……」

閉上眼睛，在腦中回想起政近的面容……艾莉莎板起臉，雙手抱胸，稍微嘛嘴之後玩弄頭髮。

（總之……還算可以吧？剛開始見到的時候覺得是傻呼呼沒什麼印象的長相，不過仔細看就覺得相當……非常英俊……吧？身材也是，總之還不錯？）

回想起在海邊看見政近的胴體，艾莉莎咳了幾聲。容貌合格，再來是能力方面。

（頭腦……應該很好吧？至少腦筋動得很快……運動細胞總覺得好像也很好？咦？這麼想就覺得……）

政近同學頗為完美又理想吧？如此心想的瞬間，腦中的政近變成傻呼呼毫無幹勁的表情，艾莉莎不禁火大。

（沒錯……明明在能力方面肯定很優秀，卻缺乏最重要的幹勁！那個人！）

即使只有一瞬間，卻以為政近是理想的對象，艾莉莎對自己感到羞恥，氣沖沖列舉內心對於政近的不滿。

（老是嘻皮笑臉吊兒郎噹……個性懶散頭髮亂翹，動不動就偷看胸部或是腿，周旋在各式各樣的女生之間，一點都不紳士！）

艾莉莎在腦中如此大喊，呼吸變得粗魯。但是不知為何立刻湧現寂寞的心情，同時內心深處冒出一句話。

——可是……很溫柔。

內心的這個聲音，冷卻了艾莉莎火熱的腦袋。

睜開眼睛看向桌面，那裡有一個以手帕包裹的寶特瓶。是政近溫柔一面的證明。

（說得，也是……政近同學一直很溫柔。）

成為學生會搭檔之前以及之後，政近都給了好多的溫柔。

光是想起這些往事，胸口就被溫柔的暖意填滿，艾莉莎露出快哭出來般的笑容……然後驟然回神，用力搖了搖頭。

「不對……光是這樣還不行……不能光是這樣就決定人生的伴侶……」

艾莉莎咬緊牙關，輕聲對自己這麼說。

沒錯，不能光是這樣。必須完美、理想，而且命中註定。說到命中註定……比方說在第一次見面的瞬間就預料到兩人的未來。必須是感覺到這種強烈緣分的對象才行。基於這個原則來看，和政近第一次見面的狀況是？

（……他在睡覺。）

高中一年級開學典禮之後，政近在鄰座趴在桌上睡覺。回想起這一幕的艾莉莎露出掃興表情。毫無震撼或浪漫可言。以愛情劇來說是零分的邂逅方式。

（果然不行。完全感覺不到命中註定——）

艾莉莎將頭髮撥到身後，輕聲露出瞧不起的笑容。但她隨即被寂寞心情襲擊，內心再度對她呢喃。

——但是，他向我伸出手了。

『什麼都不用說，握住這雙手吧！艾莉！』

回想起來，那句話是契機。在那之後，兩人一直以搭檔的身分走到現在。這應該可以說是一種命中註定吧……

（慢著，不對！若要說命中註定……如果要交往，那就非得結婚才行啊？）

對於艾莉莎來說，沒展望未來的交往和兒戲沒有兩樣。艾莉莎理想中的淑女不會做這種事。

如果自己和某人交往，當然應該以結婚為前提……

（能夠結婚嗎？和政近同學？）

像是要對自己的熱情潑冷水，刻意加重語氣詢問自己。

沒錯，雖然現在多少變得正經，但政近原本是怠惰又嫌麻煩的男人。要是和那種男人結婚，肯定每天都充滿壓力煩到不行。整天好吃懶做，反正早上應該也會賴床到最後一秒，所以艾莉莎每天早上都必須叫他起床吧。而且那個傲慢又胡鬧的男人，肯定會笑嘻嘻說出「沒有早安的親親就不想起來了」這種蠢話。嗯，還不錯。

（錯很大吧！）

艾莉莎對自己的想法吐槽，在椅子上苦惱。

「啊啊啊啊～～真是的！」

來回於否定與肯定之間而陷入無限回圈的思緒，艾莉莎發出聲音斬斷。像這樣一度重設大腦，放鬆力氣深深坐在椅子上之後，一片空白的腦中點滴冒出自嘲。

（我在做什麼啊……）

真滑稽。沒能率直面對，拚命否定自己的戀心，告誡自己說政近不是理想的對象。不願接受「政近不是理想對象」這個想法，再度自行否定。

唱獨角戲也要有個限度。明明愈是編出更多的藉口……只會愈是凸顯出自己被政近吸引的事實。

不是理想對象？不是命中註定？那又怎麼樣？這份心意沒有輕到能以這種無聊的藉

口否定。

『無聊的藉口？明明一直鑽研理想的自己活到現在，卻說這種生活方式很無聊予以否定？』

腦中發出這樣的聲音。八成是自己冷靜的那一面。

『該不會是被初戀沖昏頭吧？從今以後的人生，明明可能找到更接近理想的對象。認識的男人還沒有幾個，卻在這麼早的階段就決定人生伴侶，簡直是瘋了。』

這個聲音說的內容肯定是對的。現在的自己也知道這是在說中肯至極的道理。要說簡直是瘋了也沒錯吧。若說戀愛令人瘋狂，或許就是如此吧。

然而，不禁覺得即使如此也無妨。

「（真的，簡直是瘋了。）」

至今艾莉莎每次看到和爛男人交往而後悔的女性，都會在內心瞧不起，覺得原因在於沒有好好挑選對象，覺得至少應該在交往之前就知道對方是個爛男人。不過，啊啊，原來那種想法是錯的。是不懂戀愛的小女生在胡說八道。

一旦真心喜歡上就沒救了。即使看見對方的缺點，也會想要全部裝作沒看見。

「喜歡……」

暗自呢喃。慎重地、小心翼翼地，像是確認般呢喃。

「我喜歡政近同學……」

注入實感塑造成形的話語，經由自己的耳朵滲入腦中。光是這樣，內心就被幸福的感覺填滿。害臊又開心，彷彿想要打滾或是跳舞，只能形容為樂不可支的這種情感流竄全身。

「唔呵呵♡」

自然笑到差點變形的臉頰，艾莉莎以雙手按住，雙腿在椅子上擺動。啊啊，這種情感是要如何抗拒？面對這份幸福感，邏輯或理性都完全無力。居然以這種東西否定這份戀心，光是想像就覺得難過。

就在這個時候……

『抱歉在午休時間打擾各位。這是手機失物招領的廣播。有一個綁著紅色貓咪吊飾——』

突然傳來的這段廣播，引得艾莉莎迅速從椅背起身，確認教室的時鐘。

「咦，已經是這種時間了？」

不知道到底在這裡待了多久。必須趕快吃飯才行，不然下午的競賽會遲到。

「糟糕……！」

艾莉莎匆忙走出教室，不經意看向映在窗戶玻璃的自己臉龐。

「！」

艾莉莎拍打臉頰一次，收斂表情。胸口依然洋溢著浮躁喜悅的心情。但是如果顯露在言表，姊姊與母親顯然會糾纏追問。

「嗯，好！」

艾莉莎裝出正經表情一次，然後重新走向操場。就這樣，姍姍來遲的艾莉莎被姊姊與父母擔心詢問時隨口搪塞，在午休時間即將結束的時候吃完午餐。

「那麼艾莉，我有事要去那邊幫忙。」

「我也去吧？」

「不用了，沒關係～～謝謝妳。」

艾莉莎和露出軟綿綿笑容搖頭的姊姊道別，獨自走向學生會使用的帳棚。然後，視線捕捉到單獨待在帳棚的政近……心臟用力跳了一下。

暫時壓抑的幸福感再度從胸口深處湧現，艾莉莎朝眉心使力繃緊表情，就這樣裝作若無其事進入帳棚。

「辛苦了。」

「嗯……已經沒事了嗎？」

聽到政近這麼問，艾莉莎瞬間真的不知道他在說什麼。愣住片刻之後，終於察覺他是在說出馬戰敗北的那件事。

「啊，嗯，已經沒事了。抱歉害你擔心。」

「別在意。」

政近隨口說完聳了聳肩。這份不經意的溫柔，對於現在的艾莉莎來說非常窩心。她忍不住差點笑逐顏開，像是要掩飾般匆忙坐在折疊椅。

「那個，下午開始的競賽，你有參加哪一種嗎？」

「我直到跳舞都沒特別參加。艾莉妳也是吧？」

「是的。」

一如往常的閒聊。總覺得連這樣都很快樂，艾莉莎朝政近露出笑容。

「這麼說來──」

然後她至此才察覺政近的樣子怪怪的。看起來一如往常的表情有點空虛，雙眼目不轉睛注視著某處。

「？」

循著這雙視線……看見視線前方的人物，艾莉莎感覺被潑了一盆冷水。

（有希……同學……）

位於該處的是正在和執行委員說話的有希身影。

定睛注視有希身影的政近眼中，蘊含非常複雜的神色……喜歡的人未必和自己懷抱相同的情感。這種理所當然的事實沉痛刻在艾莉莎的胸口。

（啊……）

思念著某人演奏鋼琴的政近身影在腦海復甦。源源不絕從內心湧現的幸福感在瞬間冰冷凍結。

（啊，不行，要哭了——）

暴露在劇烈的情感怒濤，內心的防波堤還來不及下定決心就快被沖垮。在強烈危機感的煽動之下，艾莉莎迅速起身。

「我去幫忙大家一下……」

艾莉莎在死命壓抑情感，勉強這麼告知之後，立刻轉過身去。

「嗯？喔喔……」

政近只稍微發出疑惑的聲音，沒有叫住或是去追艾莉莎。

這也再度在情感激起漣漪，艾莉莎快步離開現場。

「……這是怎樣？到底是怎樣？」

明明直到剛才都那麼幸福，一切都好開心好快樂。現在卻連這世界的一切都覺得討厭。

「這是……怎樣……？」

艾莉莎緊咬嘴唇，政近靜靜注視有希的這時候，對此毫不知情的廣播響起，宣告下午的賽程開始。

第2話 謊言

「對不起，我沒什麼時間能去看你的英姿……」

「不，這無所謂啦……」

運動會順利結束，回到自家的政近，和久違見面的父親恭太郎一起吃晚餐。

政近朝著充滿歉意般的父親輕輕聳肩，低頭看向手邊的晚餐。

「但我個人更想吐槽晚餐居然是英國伴手禮的炸魚薯條。」

「為什麼？不好吃嗎？」

「先不計較味道，因為放得太久所以薯條都軟了，炸魚也變得油膩膩的。」

「這不是也很好嗎？」

「我無法理解……」

這位父親挑選伴手禮的品味很差，這不是現在才開始的事，但在伴手禮是食品的時候格外顯著。雖然從以前就聽父親說過，國外的任何料理相對來說都比較美味……但政近暗中懷疑父親應該不是味覺的守備範圍很廣，單純只是舌頭不靈光。

（不能只用微波爐加熱，應該用烤箱稍微烤過嗎……）

看著吃剩一半左右的炸魚薯條，政近事到如今才後悔。看見兒子不甚滿意的表情，恭太郎眉角下垂。

「在日本都說英國的食物難吃，但是沒這回事喔……我想讓你也品嚐一下道地的口味。」

「如果這被說成道地的口味，就算是英國人八成也會生氣喔。」

為什麼不挑選久放也不會變難吃的料理呢……即使嘴裡抱怨，但因為是父親的伴手禮，所以政近確實吃光光，然後以同樣是英國伴手禮的紅茶去除口腔的油膩，輕輕吐了口氣。

「嗯，這個沒問題，很好喝。」

難得有伴手禮歸類為合格，政近滿意地這麼說，恭太郎也一邊享受紅茶的香氣一邊開口。

「聽說這是皇室也會採購的茶葉。」

「是喔？這真厲害。」

聽到這種情報就愈來愈覺得是貴重的茶葉，政近將鼻子湊向茶杯聞香味。這麼做的時候，他回想起喜歡紅茶的母親面容。

（……也有送同樣的伴手禮給那裡嗎？）

回想起在保健室聽到的兩人聲音，政近忽然思考這種事。然後他立刻一如往常要中止思考的時候……打消了這個念頭。

「——媽她……」

「？」

「……媽媽她不要緊嗎？」

聽到政近略顯猶豫說出這個名稱，至今應該是刻意不提這個話題的恭太郎稍微睜大雙眼。然後他露出溫柔笑容，朝著低頭注視馬克杯的政近開口。

「啊啊，只是身體有點不舒服罷了。」

「……」

這是謊言。她那副模樣並不是可以這麼輕描淡寫的感覺。

然而即使這時候繼續追問，恭太郎也不會多說什麼吧。而且政近自己若要繼續思考母親的事情也很難熬。

但是……即使如此，政近無論如何都想問一個問題。

「爸爸……」

「嗯？」

「關於母親……你依然愛著她嗎？」

政近問完，恭太郎眼鏡後方的雙眼睜大，然後忽然笑了。

「是的……我愛她，一直愛著她。」

「！」

恭太郎的回應令政近倒抽一口氣。聽過兩人在保健室的對話之後，某個想法一直悶在內心深處。兩人分開的原因果然是——

「不過啊……我們需要距離與時間。」

在政近心中逐漸轉變為確信的這個想法，恭太郎像是看透一切般否定。

然後他溫柔注視抬頭的政近，像是勸說般開口。

「當時的我……沒能扶持優美。如果就這麼繼續在一起，應該會傷害到優美。所以我們決定分開。」

原因始終在於我自己。恭太郎以溫柔又悲傷的表情這麼說。

（這也是謊言。）

政近直覺這麼認為。關於父母的離婚，政近認為部分原因在於自己。但是……但是即使如此，多虧恭太郎如此斷言，內心確實變輕了。所以……

「……這樣啊。」

政近也露出微笑點頭。明知這是謊言，依然笑著假裝沒察覺父親的溫柔謊言。對於兒子的這種謊言，父親也再度回以笑容。

相互露出溫柔又悲傷笑容的兩人，是一對相似無比的父子。

◇

隔天，父子兩人享用遲來的早餐，久世家客廳裡散發著像是沒擺脫昨晚空氣的微暗氣氛。

政近若有所思默默用餐，恭太郎以慈祥眼神看著這樣的兒子。彼此都不多話，只響起餐具移動聲的室內……突然傳來玄關大門喀喳開啟的聲音。接著是啪噠啪噠在走廊奔跑的聲音，然後客廳通往玄關的門猛然開啟。

「嘿！我來嘍，親愛的哥哥大人！還有……我親愛的把拔！」

有希晃著馬尾，向正在吃早餐的父子愉快打招呼。面對一大早就全速運轉的女兒，恭太郎稍微向後仰，然後從椅子起身，以裝模作樣的動作張開雙臂。

「喔喔，我親愛的寶貝女兒！」

「嘿～～！」

有希衝向配合演出的父親，以衝撞般的氣勢熱烈擁抱。恭太郎輕易承受這一撞，同樣溫柔緊抱有希。兩人同時解開擁抱之後，不知為何同時看向政近。

「……不，什麼事啊？我還在吃飯。」

「我和飯，誰比較重要啊！」

「現在是飯吧～～」

「那麼只要除掉那玩意，我就是最重要的對吧？」

「停止妳那種病嬌的想法。」

「好了好了，這時候就配合一下啦，寶貝兒子。」

「別在這時候叫得這麼肉麻。」

即使這麼回應父親，政近依然嘆氣站起來張開雙臂。

「嘿～～！」

有希像是等待已久般跑向哥哥，在最後關頭蹬地起跳，張開雙手雙腳撲向哥哥緊緊抱住……應該說纏住。

「好乖好乖。」

政近對此稍微苦笑，像是撫慰般輕摸妹妹的背，就這麼坐在椅子上，然後在妹妹上身的狀態繼續正常用餐。

「有希，頭髮很礙事，稍微移開一下。」

「收到～～」

聽到哥哥這麼說，有希在政近腿上俐落更換姿勢，將雙腿放在政近大腿成為側抱姿勢，然後拿起沒吃完的吐司送到哥哥嘴邊。

「來，啊～～」

「啊～～────」

「我沒說要配合到這種程度吧？」

此時恭太郎忍不住吐槽，兄妹倆一齊向他投以疑惑眼神。

「不，那是什麼眼神？話說有希？妳對待我與政近的態度不會差太多嗎？」

看見父親露出寂寞般的表情，有希毫不愧疚般回答。

「當然嘍把拔，這純粹是好感度的差距喔。」

「居然以純真的眼神說得這麼殘酷……」

「以爸爸的狀況，如果想發生『啊～～』的事件，好感度還不夠……懂了嗎？」

「這也太難受了……」

恭太郎垂頭喪氣。對此有希或許也冒出罪惡感，垂下眉角從政近的大腿下來，像是安慰般將手放在父親肩膀。

「好了好了，為了每天忙碌工作沒空陪伴女兒的爸比，我準備了可以迅速欣賞事件的方法。」

「什麼方法？」

恭太郎露出尋得救贖的表情抬起頭，有希溫柔注視他，以拇指與食指比出一個圓。

「課，金♡」

「不准用網遊那一套向社會人士要錢。」

「……」

「不准找錢包！用錢買的好感度只有空虛可言！」

「用錢買的好感度只有空虛可言……？你敢對世間上酒店成癮的上班族說出同樣的話嗎？」

「敢喔。我反倒最想對這種人說。」

「呃～～現在正舉辦『啊～～事件』機率上升的轉蛋。『啊～～事件』的抽選機率是百分之三，十抽一萬圓。一百抽就可以確實獲得想要的『啊～～事件』。」

「一次一千。抽到井要十萬圓，這設定太邪惡了。話說一百抽就可以確實獲得，這抽選機率很奇怪吧？」

「因為啊，即使同樣是『啊～～事件』卻有五種顏色。」

「顏色是什麼？」
「屬性。」
「屬性？」
「藍色轉蛋是冷酷的『啊～～』、紅色轉蛋是熱情的『啊～～』、綠色轉蛋是療癒系的『啊～～』，黃色轉蛋是偏冷傲的『啊～～』，粉紅色轉蛋是……懂吧？
「懂什麼懂，到底是什麼啊？」
「就算是哥哥，這部分也必須請你抽出來確認才行……」
「想從哥哥這裡拿錢是吧。話說轉蛋在哪裡？」
「我的嘴巴。」
「這麼不公正卻連藏都不藏？」
「總之麻煩先給我十抽。」
「不准只聽這些說明就想抽！」
看見恭太郎拿出萬圓鈔，政近全力吐槽。
久世家的客廳突然變得熱鬧。在這股氣氛的正中央，有希由衷愉快地笑了。

◇

「那麼，出發吧。」

吃完早餐，等待政近洗完碗盤之後，有希像是在邀約兜風般戴著墨鏡豎起大拇指，什麼都沒聽說的政近眨了眨眼睛。

「妳說『出發』是要去哪裡？」

「那還用說，當然是去買艾莉同學慶生會的禮物吧？」

「啊啊，已經正式邀請了嗎？」

原來昨天也已經好好邀請其他成員了嗎……政近點頭之後歪過腦袋。

「……話是這麼說，但我已經決定要買什麼了……」

「所以也要趁機檢查一下喔。畢竟只交給哥哥挑選的話，不知道會買什麼禮物。」

被妹妹當面懷疑品味，政近不悅噘嘴。

「沒禮貌……我也有好好思考過哦？」

「是嗎？那麼順便問一下，你打算送什麼？」

有希露出「我就聽聽你怎麼說吧」的表情，政近充滿自信回答。

「我覺得自己做的東西果然比較有誠意……所以想送我親手做的浮游花。」

這是政近尋找艾莉莎生日禮物的時候，在網路找到的物品。將花朵放進玻璃瓶，浸泡在油裡保存的一種擺飾。

看過搜尋到的圖片，這種美麗又時尚的感覺，令政近認為「送這個給女性當禮物應該很有品味吧」。恭太郎似乎也有同感，像是佩服般點頭回應政近的話語。

「喔，這不是很好嗎？」

「對吧？」

得到父親的贊同，政近得意洋洋抬起下巴。然而……

「哎呀……老實說很微妙。」

此時被毫不留情潑了冷水，政近與恭太郎看向發言的有希。

「……哪裡微妙了？不像花束那麼沉重，也不用澆水很省事，應該不差吧？」

政近反抗般這麼說，但是有希的表情不甚理想。

「不，因為浮游花在分類上是家飾吧？換句話說，當然要考慮到是否符合房間的氣氛……哥哥，你知道艾莉同學的房間是什麼感覺嗎？」

對於有希指出的點，政近一時之間也說不出話。此時有希毫不留情乘勝追擊。

「話說就算是花道，依照房間裝潢或是放花的場所，也會要求使用不同的花材與花器吧。為什麼沒察覺這一點？」

「嗚……」

「說起來，爸爸在贊同的時間點就出局了吧？」
「妳說的對。」
「不會太過分嗎？」
突然被這麼批評，恭太郎嚇一跳之後出聲抗議。
但是孩子們的視線很冷漠。
「爸爸多麼沒品味，我在昨天就徹底感受到了……」
「愛花俏的爺爺奶奶就某方面來說也不行，但爸爸單純就是沒品味耶～～」
「怎麼這樣……」
無視於垂頭喪氣的恭太郎，有希挽住政近的手臂。
「所以沒品味的把拔留在家裡，我們一起去買東西吧～～？」
「對於隔了好久才回來的父親，家人就不能多陪我一下嗎……？」
「這次會在日本待一陣子吧～～？所以今天暫且——」
有希說到這裡停頓，迅速摸了摸褲子口袋，然後露出笑咪咪的表情。
「我原本是這麼想的……不過爸爸，還是拜託您一件事好嗎？」
「嗯？什麼事？」
恭太郎開心抬起頭，然後有希裝可愛歪過腦袋這麼說。

「錢包，我忘在家裡了♡去幫我拿吧？」

恭太郎的笑容頓時出現裂痕。

◇

「所以呢，我們來到購物中心了！」

「居然真的叫父親跑腿……」

只有政近與有希下車，目送父親的車朝著周防家駛離之後，政近露出難以言喻的表情。然後忽然察覺應該可以叫幫傭拿來就好，所以詢問有希。

「話說……今天綾乃呢？」

「嗯？她今天好像有點事。」

「這樣啊……」

聽到這句回答，政近稍微放心了。因為在運動會的時候被綾乃說到痛處之後，至今都沒有好好交談。政近個人覺得現在見到她還是會有點尷尬。

就在這個時候，有希像是害羞般握拳抵在嘴邊，身體故意忸忸怩怩。

「所……所以……今天只有我和哥哥兩人哦？」

「但妳以這身打扮這麼說，我覺得效果只有一半以下。」

高高綁起的雙馬尾加上貝雷帽，再以超大墨鏡遮住眼睛。熟悉的扮裝引得政近賞她一個白眼。雖然臉朝著斜下方，視線應該也不時瞥向這裡吧，但因為最重要的眼睛被墨鏡遮住，所以看起來只覺得鬼鬼祟祟。

「唔，必殺上揚視線居然無效……？沒想到我的完美扮裝有這種缺點……！」

「就算直接命中，妳的上揚視線對我也無效啊？」

「不得已了，事到如今只能用身體誘惑了！」

「注意妳的說法。」

有希蹦蹦跳跳抱住政近手臂，將身體蹭過來，然後發出比平常尖得多的撒嬌聲音，指向道路兩旁並排的其中一間店。

「欸～～哥哥～～人家想吃鯛魚燒～～」

「不，這種東西妳自己買吧。」

「就說沒錢包了吧傻瓜。」

「這麼說來我都忘了！慢著，傻瓜？」

「啊，是正面意義的傻瓜，懂嗎？」

「別以為只要這麼說就能把壞的說成好的哦？」

「沒有啦，是『裝傻與吐槽』這個意思的傻瓜。」
「那我反倒應該是吐槽的那一邊吧，傻瓜。」
「大家好，我是傻瓜。」
即使像這樣拌嘴，政近依然表示「總之只是鯛魚燒的話就買給妳吧」，就這麼將有希掛在手臂上前往店鋪。
「所以，妳要吃哪一種？」
「我要奶油！」
「收到。不好意思，可以給我紅豆與奶油各一嗎？」
「謝謝惠顧。紅豆與奶油口味。好的，總共三百六十圓。」
「啊，嗯……這裡是五百一十圓。」
「好的，那麼找您一百五十圓。」
付錢給大姊姊店員之後，大姊姊旁邊的阿姨店員將保溫器裡的鯛魚燒裝進紙袋，朝有希露出笑容。
「兄妹倆一起來買東西嗎？感情真好耶～～」
「嗯！」
「哎呀，真棒的笑容。」

有希像是範本般充滿活力回應，笑開懷的阿姨店員將兩顆小小的豆沙包和兩隻鯛魚燒一起裝進塑膠袋。

「來，多送你們一點東西喔。」

「啊啊，不好意──」

「謝謝！」

政近惶恐回應的時候，有希像是要打斷他說話般大聲道謝之後接過袋子。然後她拉著政近的手催促，在用力向店員們揮手的同時從店鋪前方離開。對於有希天真無邪的舉動，店內的店員都面帶笑容揮手回應。

就這樣，走到鯛魚燒店以角度來說看不見兩人的地方時，政近就這麼面向前方正色開口。

「妳剛才絕對被當成小學生了。」

「呵，這就是扮裝的優點……」

「這不就是詐欺嗎？」

「只是表現得開朗充滿活力就被說成詐欺，這樣不太好吧。」

有希面不改色從塑膠袋取出豆沙包咬了一口。

「嗯，好吃。果然不愧是鯛魚燒店，紅豆餡真好吃耶～～」

「是嗎？」

政近也從有希遞過來的塑膠袋取出豆沙包咬了一口。滑嫩的薄皮隨即被咬破，裡頭是滿滿的紅豆餡，適度的甜味擴散充滿整個口腔。

「真的耶。這個真好吃。」

「對吧～～？這麼一來，我也很好奇鯛魚燒的味道……」

「要我給妳吃一點嗎？我沒差，但是要交換哦？」

「耶～～」

有希發出幼童般的歡呼聲，拿出自己的鯛魚燒，慎重從頭部咬下去。

「喔啊，好燙，啊，可是好好吃。」

「別燙傷哦～～？」

兩人暫時站在不會妨礙行人的場所，一起吃鯛魚燒。此時，不經意看著周圍的有希忽然開口。

「不過，戴口罩的人從剛才就很多耶～～」

「啊啊，我看電視說現在有流行性感冒，應該是這個原因吧？」

「啊～～好像是……我也別戴墨鏡改戴口罩比較好嗎？實際上以扮裝來說，口罩與墨鏡哪一種比較優秀？」

「唔～～果然是墨鏡吧？畢竟遮住眼睛給人的印象就差很多。像是依禮奈學姊，應該也是最重要的眼睛被看見才會穿幫。」

「你是說那副面罩？記得叫做性感假面？不，那個當然會穿幫吧？」

「遮住眼睛就不會穿幫，這明明是鐵則啊……」

「然後會從痣的位置被拆穿身分，到這裡都是鐵則。」

「嗯，妳應該不是在說漫畫話題吧？我就特地不吐槽哦？」

「……」

「不准用手背遮住眼睛！」

一邊這樣閒聊一邊吃完鯛魚燒之後，有希仰望政近發問。

「所以？送艾莉同學的禮物怎麼辦？」

「啊啊……總之，我打算先逛逛再做決定。」

原本充滿自信的浮游花方案被駁回，政近掛著苦笑這麼回答。對此，有希一副無可奈何的樣子聳肩。

「真是的……紳士力就是在這種地方受到考驗喔，兄長大人。你沒有從平常就不經意調查身邊女性想要或是需要的東西，所以才變成這樣。」

「……說得這麼好聽，那妳自己打算送什麼禮物？」

「我嗎？我的話，總之艾莉同學手機的保護貼有很多刮痕了，所以我打算買好一點的玻璃保護貼。」

「唔……」

出乎預料的內容使得政近皺眉。

以女生送女生的禮物來說缺乏可愛與時尚感，卻是不錯的選擇。

手機是大家每天在用的東西，保護貼即使刮痕增加而影響畫面觀看，也不太會自己買新的來換。

（如果是這種東西，感覺反倒是由我來買比較不奇怪……）

與其貿然送花之類的東西，還不如重視實用性，送禮者在心情上也比較輕鬆。就算這麼說，也不能搶走妹妹的方案來用。

「呼呼呼，我也有好好掌握艾莉同學的手機機種哦～～？事前準備就是會在這種地方出現差距喔，我的哥哥大人。」

「唔……」

有希得意洋洋揚起嘴角，但是只從這件事來看，連政近都沒有反駁的餘地。然而默默舉白旗也不是滋味，所以政近勉強擠出異議。

「可是啊，送手機的保護貼，不會像是在暗示『現在的很髒所以要換掉』嗎？」

「這部分你想想，就解釋成敵對參選人之間的火藥味？」

「連這部分都考慮周全，就某方面來說也怪怪的……」

政近露出難以言喻的表情，但他知道自己的提醒只是壞心眼的挑剔，所以沒繼續多說什麼就轉過身去。就這樣，政近一邊逛購物中心，一邊思考要送什麼禮物……

「啊，精油蠟燭是不是還不錯？」

「芳療類的喜好因人而異，何況你自己收到這種東西會開心嗎？」

「那麼，比方說那個時尚的沙漏……」

「擺飾會依照房間的氣氛以下略。」

「有小狗照片的月曆……」

「如果月曆已經買了怎麼辦？」

「那邊那個有點可愛的粉紅色行動電源……」

「是被我的保護貼影響的吧？以老哥的尊嚴來說沒問題嗎？」

「啊，對肌膚很好的香皂之類的。」

「從男生那裡收到沐浴用品有點噁心吧～～會出現『希望妳身上是這種香味』的意思。而且如果是香皂，那麼不只是艾莉同學，全家人都會一起用。」

「……為求謹慎先問一下，飾品類果然會出現奇怪的意思吧？」

「會喔。順帶一提，我不認為哥哥選得出品味高尚的飾品。」
「既然這樣就選甜點當成安全牌……」
「你這小子，走消耗品路線是在逃避喔。」
「乾脆選那個吧，禮品型錄。」
「怎麼從選擇這個行為本身逃避了？何況這不是高中生送的禮物吧？」
提出的方案悉數被駁回，政近對於自己時尚品味的自信被粉碎到奈米層級。如今只能露出空虛的笑容了。
「……所以老哥，結果你要怎麼做？」
有希賞白眼發問，政近完全逃避現實，露出無力的笑容。
「啊哈哈～～♪哥哥我已經什～～麼都不曉得了☆」
「唔，這還真是可愛。」
「喂，別這樣。」
「心靈被洗滌了……」
「別這樣別這樣。」
有希刻意取下墨鏡，以手指按著眼角仰望天空。政近終究也被激發羞恥心而回復為正經表情。然後他看著一邊上演小劇場一邊愉快奸笑的妹妹，深深嘆了口氣。

「……總之，我決定送自己做的甜點算了……」

「啊啊～～……哎，還不錯吧。畢竟艾莉同學敢吃別人做的料理，而且男生光是自己下廚就可以得到高分……」

「那就這麼決定了……」

結果花了這麼多時間卻沒買任何東西就結束。政近同時冒出安心感與徒勞感的這時候，有希微微聳肩。

「總之，雖然剛才說了很多……但是實際上，我覺得送的禮物沒那麼重要哦？」

「啊？」

政近揚起單邊眉毛心想這是怎麼回事，有希嘴裡發出嘖嘖的聲音同時搖動食指，露出得意洋洋的表情開口。

「贈送的不是禮物這個物體，而是心意喔，my brother。」

「總歸來說就是要有誠意吧？所以我不就說要自己做了嗎？」

對於政近的話語，有希無奈將雙手舉到肩膀高度。

「不只是這樣吧……？我的意思是說也要用話語與行動傳達心意啦。」

聽有希說到這裡，政近終於察覺她想說什麼。

政近不由得僵住臉頰，有希咧嘴笑著將食指抵在嘴唇，像是小惡魔般呢喃。

「只要對她做我們每年在做的那件事……艾莉同學也會好感度暴增，立刻解鎖新事件喔。」

這是不知道從何時開始，因為有希帶頭這麼做而成為兄妹之間的慣例，贈送生日禮物時的制式行為。然而這是……

「……不，那種事哪能在別人面前做？我不要。」

臉頰抽動的政近這麼說完，有希刻意露出奸詐表情，摟住政近肩膀。

「好了好了，兄弟，這部分我會巧妙幫你……在當天營造氣氛讓你們兩人獨處，明白嗎？」

「哇～～真可靠耶～～但我沒要依靠任何人耶～～」

妹妹的臉蛋位於極近的距離，政近以讀稿語氣回應之後賞她白眼。有希不以為意咧嘴一笑，筆直指向電扶梯。

「哎，為了在這種時候好好搞定，接下來是衣服。」

「衣服？妳在說什麼？」

政近如此反問，有希柳眉倒豎到幾乎從超大墨鏡上方冒出來，破口大罵。

「混帳傢伙！既然是派對，西裝外套當然是必備的吧！」

「吵死了，別在耳邊大喊……慢著，不，咦咦？不，那是慶生會耶？而且是中等家庭的……」

「無論是中等家庭還是學生，既然受邀就應該正裝出席吧？到時候也會見到艾莉同學的父母耶？」

聽到有希指出這點，政近也不禁驚覺不妙。

沒錯，雖然在三方面談的時候向艾莉莎的母親簡單打過招呼，但是在這次的慶生會恐怕也會見到艾莉莎的父親。女兒正在打選戰，身為唯一搭檔的政近必須好好拜會伯父伯母。

「……確實。」

「真是的，振作一點啦……喂，知道的話就走吧。」

「是。」

純粹只在今天很可靠的妹妹如此催促，政近前往男性服飾的樓層，依照妹妹的挑選購買服裝，接著就這麼順勢前往女性服飾的樓層。跟在有希身後不經意看向附近衣服的標價，政近突然察覺一件事。

「呃，等一下，我帶的錢終究不夠買妳的衣服哦？」

「嗯～～？」

購買自己的衣服是額外開銷，如今政近錢包裡只剩下兩千日圓左右。只有這點預算，要買有希的衣服應該有困難吧……政近如此心想，但是有希輕輕搖晃手機回答。
「哎，這裡的店應該能用電子支付吧。為了以防萬一，我儲值了十萬多圓。」
「真的假的……慢著，既然這樣就不需要請爸爸去拿錢包吧？」
「……欸嘿☆」
對於政近冷靜指出這點，有希吐出舌頭並且輕敲自己腦袋。政近賞她一個白眼，遲疑片刻之後……略顯猶豫地開口。
「……媽媽她……身體狀況那麼差嗎？」
聽到政近這句話，正在鑑賞衣服的有希雙手靜止了。這個反應令政近確信了。
她說錢包忘在家裡只是藉口。
有希想讓父親和家裡的母親見面。換句話說……優美需要恭太郎的拯救。
（果然是這樣嗎……）
當時在保健室偷聽到的父母對話。優美的心理狀態恐怕——
「不，她很健康……」
這個疑惑的聲音完全否定政近的猜測，使得政近大感意外，就這樣頻頻眨眼看著有希，有希隨即仰望政近，不解般歪過腦袋。
「為什麼突然聊起這種事？應該說，聽哥哥親口提到母親大人的話題，我內心吃驚到完全無法掩飾。」

「不，這是……」

仰望政近的有希，將雙眼藏在墨鏡後方所以看不見，無法解讀有希的想法。

「哎～～我不知道哥哥誤會了什麼，不過母親大人很健康哦～～？啊，這件感覺不錯。」

但是有希一說完就迅速撇過頭的這種態度，使得政近立刻覺得「被搪塞了」。

「啊，請問可以試穿嗎～～？」

「可以，這邊請～～」

但是在追問之前，有希就走向試衣間，政近伸到一半的手不知如何是好。

「大哥這邊請坐～～」

「啊，謝謝……」

在店員邀請之下，政近坐在試衣間附近的椅子。然後他將手肘撐在大腿，伸手按住額頭。

「……」

政近隱約知道有希在說謊，也知道有希不希望他提及這件事。

（媽媽果然……）

然而假設是這樣沒錯，政近又做得了什麼？

何況政近依然憎恨優美，不想為優美做任何事。

正因為有希也知道這點，她什麼都沒說，並且不是向政近，而是向恭太郎求助。

（沒錯……爸爸已經過去了，所以我能做的事情連一件都沒有吧？）

明明什麼都做不到也不想做，卻以自己的好奇心為優先去詢問有希，這麼做真的對嗎？

如果有希想要隱瞞，就應該尊重她的意願吧？政近現在應該做的事情，是盡心盡力讓有希度過快樂的時光……

「……這藉口簡直像是狗屎。」

政近輕聲只扔下這句話，咬碎自己的真心話，粗魯搔抓瀏海之後起身。

然後他移動到附近的鏡子前面，調整臉上因為自嘲與自我厭惡而扭曲的表情。起碼要讓妹妹心無罣礙享受購物的樂趣，所以得裝出一如往常嘻皮笑臉的鬆懈笑容。

「唉……總之，這樣就行吧。」

政近輕聲嘆口氣，準備坐回椅子的時候——收銀台旁邊旋轉式的吊掛陳列台上，某個商品吸引他的目光。

「……真的假的？」

詳。

政近不由得發出聲音，然後就這麼像是被吸引般走過去，伸手拿起這個商品仔細端

接著政近瞥向有希進入的試衣間……判斷她還不會出來，然後快步走向收銀台。

另一方面……

（啊～～嚇死我了。墨鏡幫了大忙……不，剛才那樣應該穿幫了。）

進入試衣間的有希，因為剛才沒能巧妙回應哥哥冷不防的詢問而忿恨扭曲嘴角。

政近的推測是對的。運動會結束之後，優美白天發呆的次數增加，注意力變得極度渙散。在有希眼中也覺得最好去看一次醫生……但是優美沒有這份自覺，堅稱自己只是在想心事，所以非常棘手。

（我也一樣……不想認為母親大人生病了，可是……）

即使如此，只要看見最近的優美，內心就充斥著不安。然而不能向政近發洩這份不安。要是這麼做，政近肯定會擔心，並且陷入自我厭惡與後悔之中。

（希望哥哥……可以常保笑容。）

這是有希的心願。自始至終從未改變，現在的有希的原點。

「唉……」

有希以外面聽不到的音量輕聲嘆氣，決定先換衣服。因為既然以試穿為名目進入試

衣間，就不能老是在裡面拖拖拉拉。

取下帽子與墨鏡，脫掉外衣，脫掉上衣，脫掉褲子。

接著映在鏡子裡的，是整體來說又瘦又小的單薄身體。幸好胸部與臀部發育為正常水準，所以不到乾癟的程度。不過像這樣脫掉衣服一看，無論如何都無法拭去瘦巴巴的印象。

（看家人就覺得以基因來說肯定會發育得更好……果然是小時候臥病在床造成的影響嗎？）

有希對自己的體型並不感到自卑。但是看著不管經過多久都遲遲都沒什麼成長的身體，就會對家人的擔心感到歉意。尤其是懷胎十月生下她的母親，似乎為了有希的身體非常傷神。

「……」

有希露出忿恨不平的表情，輕輕撫摸扁平的下腹部。

（好想……趕快成為大人。）

希望可以早點讓家人安心。

有希一直這麼祈求。然而這身體就像是嘲笑這個想法，一直不肯長大成人。而且被這身體束縛的心，也有一部分依然是純真的孩童。

對於親生父母不曾抱持青春期特有的逃避感或是羞恥心。對於異性不曾抱持戀愛情感。說起來甚至不曾冒出性慾。

「……！」

有希咬牙切齒，一時衝動想要毆打自己的下腹部……在最後關頭用力忍住，放下拳頭。

「嘶……呼～～……」

做個深呼吸，壓抑內心的漣漪。

再怎麼痛恨自己的身體，與生俱來的東西也不會改變。這身體、這顆心，以及有希是政近妹妹的這個現實，都絕對不會改變。

「！」

面對不如意的現實，有希將額頭輕輕抵在鏡子上，然後瞪著映在鏡子裡的自己輕聲呢喃。

「沒問題……我……我可以的……」

緊閉雙眼，整理心情。為了不讓哥哥擔心，必須一如往常面帶笑容，徹底扮演傻妹妹的角色。

「呼——……！」

深深吐一口氣，用力揚起嘴角之後，有希輕聲說出魔法的話語。

「（妹妹模式，發♡動）」

細語聲經過耳朵傳達到大腦，意識發出「喀」的聲音完全切換。臉頰自然露出惡作劇般無懼一切的笑容，不再在意雞毛蒜皮的小事。

「嗯，好。」

看著自己映在鏡子裡的表情，有希滿意點頭，然後換穿剛才拿進來的淡藍色洋裝，頭髮也整理成大小姐的感覺。

「呵……我居然這麼可愛捏。」

就這樣，有希在鏡子前面暫時露出無懼一切的笑容，然後充滿活力衝出試衣間。

「噹噹～～！這件怎樣！」

有希得意洋洋擺姿勢，政近也以一如往常的笑容回應。

「不錯喔，很像是幼稚園的戲劇發表會。」

「哈哈哈，小心我拔你鼻子喔。」

「拔我鼻子？」

正如彼此許下的心願，兄妹倆度過一如往常的快樂時光。

◇

「受不了，真是傷腦筋……居然在一週前才聯絡……」

另一方面，不同於政近與有希所在的另一間大型商場裡，沙也加就像這樣輕聲發牢騷。她的身邊是乃乃亞，不遠處還有看起來不太自在的毅與光瑠。

身為在校慶一起組樂團的朋友，四人一起受邀參加艾莉莎的慶生會……但是毅發出「我不知道要送女生什麼禮物所以懇請指導！」這句真假各半的求助訊息，所以四人一起來買禮物。其中當然包括毅「想和沙也加同學共度假日！」的想法，光瑠與乃乃亞也明白這一點。但乃乃亞並不是理解隱情之後就積極協助的類型，當事人沙也加也完全沒察覺。結果就是……

「這邊也有準備工作要做……何況我們不清楚艾莉莎同學的喜好，在這種狀況也無法準備滿意的禮物。」

「哎～～是啊～～」

嘀咕抱怨的沙也加以及充滿敷衍氣息附和的乃乃亞，所在的場所當然是女用商品的樓層。除了毅與光瑠當然還有其他男性顧客，不過大多帶著女伴，所以無法介入沙也加與乃乃亞對話的兩人實在是無處容身。

「哎，就算抱怨也無濟於事……這個顏色和任何衣服都很好搭，應該不錯吧。」

「嗯嗯，總之別買十四萬圓的包包哦～～？阿哩莎一定會嚇到。」

看見社長千金隨手拿起不適合高中生的名牌包包，乃乃亞如此吐槽之後，慢慢走向毅與光瑠。

「總覺得很抱歉耶～～沙也親每次買東西都會買很久～～」

「啊啊，不……」

「嗯……總之，女生好像很多人都會這樣。」

「算是吧～～？不過，終究會覺得無聊吧？」

「不會啦，畢竟沙也加同學似乎很愉快……」

看著明明板著臉但其實興高采烈的沙也加，毅輕聲一笑。看著他這張表情的乃乃亞稍微歪過腦袋。

「喜歡的對象似乎很愉快，說這種話的你光是旁觀就這麼開心嗎～～？」

「咦，啊～～……不過，希望喜歡的對象常保笑容……應該是很正常的心願吧？不過沙也加同學沒露出笑容就是了……」

毅靦腆搔了搔臉頰說出這種話，使得乃乃亞揚起單邊眉毛。

「是嗎？不過如果是我，我會想看看心上人各種不同的表情耶～～」

聽到乃乃亞這麼說，毅稍微眨了眨眼睛，然後像是發抖般點頭。

「原……原來如此……正因為是心上人，所以希望對方連哭泣或生氣的表情都毫不隱瞞完全展露……好成熟的想法……」

「聽到乃乃亞同學這麼說，總覺得分量就是不一樣耶……」

毅與光瑠大感佩服般深深點頭。乃乃亞沒有出言回應，定睛觀察正在和店員交談的沙也加。

（沒錯，想看看各種不同的表情……）

毅與光瑠直到最後都沒有察覺。

沒察覺乃乃亞這雙視線的含意，也沒察覺自己的解釋基本上是大錯特錯。

第3話 純粹

「總覺得幾乎是第一次來這裡吧……？」

午休時間。被簡訊軟體叫來這裡的政近，在社辦大樓二樓走廊的盡頭，推開通往室外階梯的門。莫名沉重的金屬門發出嘰嘰聲開啟，帶點寒意的秋風迎面而來。政近瞇細雙眼走到室外階梯之後，通往一樓的階梯平台響起鬆懈的聲音。

「喔，來了來了。喲嘶～～」

「喔喔……喲嘶～～？」

總之政近回應這句莫名其妙的問候，走下階梯。

「久等了……話說，為什麼約在這裡？」

政近看著找他過來的乃乃亞發問。金屬製的逃生梯過於通風，在這季節有點冷。要談事情的話，找一間空教室不就好了……聽到政近這麼暗示，乃乃亞揚起單邊眉毛。

「問我為什麼……因為如果有人來，聽聲音就可以馬上知道？」

乃乃亞說著將視線移向上方，瞬間靜止之後送政近一個秋波。

「而且啊，我自認姑且有顧慮到阿世的處境哦～～？要是被看見和我待在空教室，傷腦筋的會是你吧？」

能以各種方式解釋的這個問題，使得政近不禁語塞。率直來想應該是「你和國中時代做過各種事的我單獨待在空教室，應該會招致不必要的誤解吧」的意思。不過……雖然很可能是胡思亂想，不過以政近的立場，也可以解釋為「要是被艾莉或瑪夏知道會很麻煩吧？」的意思。

（嗯，無論如何，繼續追問也沒有任何好處。）

如此判斷的政近立刻重整心情，僅止於聳肩附和。

「所以？要談什麼？」

預測乃乃亞將會立刻試探心機（？），政近重新提高警覺發問。乃乃亞隨即輕盈轉身，將手肘靠在扶手，視線投向遠方。數秒之後，就這麼不看向政近含糊回應。

「沒有啦～～……並不是發生了什麼事……」

「？」

基本上都是有話直說的乃乃亞一反平常擺出這份態度，使得政近皺眉。然後他不經意站到乃乃亞身旁，學她一起看向操場。

不久之後，乃乃亞慢慢開口。

「之前啊～～？你不是說至少可以陪我談談嗎？所以啊，我想找你談一談。」

「……啊啊。」

經過瞬間的思考，想到這是樂團成員＋α一起去遊樂園那時候發生的事，政近點了點頭，同時心想「會被要求做什麼嗎」提高警覺，乃乃亞則是平淡開口。

「雖然並不是希望你提供意見……不過可以只聽我說嗎？」

乃乃亞終於說出不像她個性的話語，政近不禁定睛看向她的側臉。注視遠方的表情何其軟弱，令政近覺得莫名提高警覺的自己很尷尬……看起來甚至隱約透露一絲惆悵。

「……哎，畢竟是約定，我至少聽聽妳要說什麼吧。」

「謝謝。」

被乃乃亞率直道謝，政近終於亂了方寸。

（唔～～嗯嗯？該不會正如她自己所說，真的只是想要對我傾訴？）

政近還無法完全拋棄疑惑，反覆歪頭搔抓腦袋，但是乃乃亞看起來沒特別在意就開始述說。

「昨天啊～～為了購買阿哩莎的生日禮物，我和沙也親、阿毅與阿光一起出去了一趟對吧～～」

「……好像是。」

當時政近要和有希出門所以婉拒，但他也有受邀所以知道這件事。

「然後，在吃飯的時候呢～～？沙也親與阿毅聊某部動畫聊得很開心。」

「是嗎？」

「八成是看過沙也親在遊樂園玩的轉蛋，才會開始看那部動畫吧。」

「啊～～原來如此。」

就政近所知沒那麼常看動畫的毅，為什麼有辦法和沙也加聊阿宅話題……雖然政近冒出這個疑問，不過這方面似乎來自毅腳踏實地的努力。

想要理解喜歡的人所喜歡的東西。這是任何人都想得到的追求方法，但是不知道有多少人實際行動。

（毅好厲害……我真的很佩服。）

政近對於成功實行的好友率直抱持尊敬之意，同時察覺這個話題的重點。

「……所以，妳看他們兩人在聊自己聽不懂的話題，覺得被排擠了？」

「嗯～～？」

對於政近的推測，乃乃亞發出不明確的聲音，然後意外地搖了搖頭。

「不，這種事沒關係啦～～」

「咦？是嗎？」

「嗯。」

果斷點頭的乃乃亞側臉，看起來真的像是毫不在意……政近歪過腦袋。而且乃乃亞接下來的話語更加深他的困惑。

「這種事沒關係……但是他們兩人聊天的時候，媽媽傳了簡訊給我。」

「？」

「然後，我連忙拿出手機看簡訊，可是……」

此時，乃乃亞忽然瞇細雙眼，然後以略顯憂愁的表情說。

「沙也親她沒生氣。」

「……？」

「平常的話，我如果在吃飯時拿手機出來，沙也親明明都會唸我……當時她卻專心和阿毅聊天。『啊～～現在我在沙也親心中的優先程度比較低耶～～』一旦這麼想，我就覺得，嗯……」

說到這裡，乃乃亞沒繼續說下去。看著她的側臉……政近找不到能說的話。

（怎麼回事？這……真的是煩惱諮商？）

因為是在遊樂園被追求（？）之後第一次單獨相處，所以政近今天比以往更提防乃乃亞。

然而，政近被找來的原因和當時的追求無關……真的是普通高中生的煩惱諮商。總覺得乃乃亞的表情流露出像是不滿，像是無法理解，卻又感到寂寞的氣息……政近基於罪惡感與憐憫而下垂眉角。

「……這是——」

「啊，什麼都不用說也沒關係的。剛才也說過，我只是希望你聽我說。」

乃乃亞打斷政近的話，身體離開扶手，然後像是張開肩膀般稍微伸個懶腰開口。

「嗯嗯……！何況啊，你不知道該怎麼回話吧～？畢竟說起來，我自己也覺得就算這樣也沒能怎樣。」

乃乃亞像是自暴自棄般這麼說。但政近實在無法像這樣輕易帶過。

政近事到如今感到丟臉又後悔。自己居然懷疑乃乃亞想對毅做些什麼，對於想傾訴心聲的她一直提防至今。

（看來……我對她的偏見深了點。）

乃乃亞的話語肯定毫不虛假。如果乃乃亞想對毅做些什麼，肯定不會找政近說這種話。以乃乃亞的個性，一旦決定要做就會默默地做，不會徵求別人的贊同或附和。

所以這次……真的只是希望政近聽她傾訴吧。寂寞與疏離，這是至今不曾感受到的情感。對此覺得困惑，覺得心情被戲弄，再也無法獨自承受，所以依賴政近。明明是這樣……政近的態度卻如此不誠懇。

（可是……我該說些什麼？）

草率的共鳴或是膚淺的安慰，想必不會傳達到乃乃亞的心。何況這是乃乃亞自己都不太清楚的情感，擅自給答案將是魯莽又傲慢的行為吧。

那麼，該怎麼做？政近陷入苦思……苦思到最後這麼說。

「這樣啊……總之，我隨時都會陪妳談的。」

「啊哈，謝謝。」

乃乃亞輕聲一笑，政近見狀也稍微笑了。

這大概就是正確解答吧。

人們會在說話的時候逐漸整理好自己的內心，這是很常見的事。乃乃亞需要的肯定就是這個，政近該做的則是聽她傾訴。像這樣說著說著，乃乃亞就會自行為自己的情感找到答案吧。

（說得也是……畢竟這傢伙也不是壞人。）

這始終是政近的認知，不過乃乃亞就只是個性純粹，而且正直面對自己的心。只不過這份無視於他人，堅持走自己道路的這份純粹……在徹底成為群居動物的普通人眼中是異端分子。

若能像這樣在新的人際關係裡，逐漸發現自己的情感……總有一天，乃乃亞或許也能像普通人一樣歡笑，一樣哭泣。

（但我不太能想像就是了。）

政近想像這種場面，卻因為過於不適合而露出苦笑，然後詢問乃乃亞。

「所以，妳只是要說這個嗎？如果還有別的我就繼續聽吧？」

「嗯～～暫時只有這個。感覺說出來之後舒坦多了。」

「這樣啊，那就好。」

聽到乃乃亞這句話，政近由衷這麼說。眼前的少女和普通的高中生一樣抱持煩惱，並且向其他人吐露，這使得政近莫名開心。然而……

「就准你摸屁股當謝禮吧。」

乃乃亞隨口告知的這句話，令政近全身僵硬片刻，露出抽搐的笑容。

「兩秒五萬圓的屁股？我很害怕後果所以免了。」

「是嗎？順帶一提，我今天穿丁字褲。」

「真的假的？」

「嗯，你看。」

乃乃亞說完之後，居然以右手掀起裙襬。飄動的裙子底下露出乃乃亞的雪白肌膚。

如同「美腿」這個詞的具體呈現，修長漂亮的大腿。緊實圓潤的美麗翹臀……即將映入眼簾時，政近用力將視線連同整張臉抬高。

「看見了？」

「……沒看見。」

這裡說的不是屁股，是丁字褲。但是在沒看見的時間點就可說是心照不宣。

「啊～～對喔，阿世比起屁股更喜歡胸部。胸罩會比較開心嗎？」

「妳為什麼知道這件事？」

政近正色將頭轉回來，乃乃亞若無其事般回答。

「咦？因為你不是經常偷看阿哩莎的胸部嗎？」

「真的假的？」

政近反射性地說出這句話之後，心想「糟糕是套話嗎！」而慌張……然而乃乃亞表情很正經，正經到連這邊都差點跟著露出正經表情。政近對此也不得不察覺「啊，這是真的」。

「……真的假的？咦，我這麼常看嗎？」

「與其說是看……應該說每次視線掃過去，都會在一瞬間停留在那裡？」

「咦咦～～不，可是那是……沒辦法的吧？只是一瞬間的話就放過我吧……如果看見有人戴著超大顆寶石的項鍊，任何人都會忍不住將視線停留在那裡吧？這是相同的道理啦……」

「不，我又沒在責備你。」

「被這麼冷靜指出這點，就某方面來說也很難受……」

政近垂頭喪氣時，乃乃亞再度以右手捏起裙襬。

「所以，怎麼辦？要摸嗎？」

「我說啊……妳要是做這種事，會惹沙也加生氣喔。」

「啊～～……」

聽到政近的提點，乃乃亞視線在上空游移，然後迅速放開裙子。

（看來她果然敵不過沙也加。）

想到這裡就莫名覺得有趣又放心，政近稍微露出笑容看向乃乃亞。

「不需要做這種事，我也會陪妳談心的……因為我們是樂團同伴。」

「這時候不是應該說我們是朋友嗎～～？」

「不，抱歉。老實說，我有點懷疑能不能把妳稱為朋友。」

政近是否願意將乃乃亞說成朋友，乃乃亞是否將政近認知為朋友，這兩者都是很大的疑問……不過，既然現在乃乃亞這麼說了……

「哎……不過，說得也是。嗯，是朋友。」

「喔～～重新請你多多指教～～」

「喔，嗯？啊啊，請多指教？」

政近握住伸過來的手，進行不明就裡的握手。然後，再怎麼說也算是已經和乃乃亞握手稱友的這個事實，令他稍微苦笑。

（先前沒想到會和沙也加成為那種關係……居然也和乃乃亞成為這種關係了。）

不久之前的自己無法想像這種事。因為政近一直在內心認為乃乃亞是不知道會做出什麼事的危險人物。

但是……在樂團活動，在毅與沙也加的關係之中，乃乃亞也開始改變。政近在今天的互動明白了這一點。那麼……

（不要老是提高警覺……應該慢慢拉近距離吧。畢竟艾莉當選之後，就會在明年一起成為學生會的同伴了。）

政近在內心如此反省，終於在這時候決定拋棄自己對於乃乃亞根深柢固的偏見。

「那麼，我差不多該走了……」

「嗯，謝謝喔～～我再待一會兒透透氣～～」

「……這樣啊。」

一如往常有氣無力的態度與表情。感覺這一面的背後依然殘留孤獨與苦惱，政近瞇細雙眼。但他沒有多說什麼，轉身上樓。

「那麼，再見了。」

「嗯咿～～」

漫不經心的草率回應。即使如此還是沒要一起回去……肯定是因為想要一個人靜一靜吧。

（應該……對她說些什麼嗎？可以就這麼讓那個傢伙獨處嗎？）

這種想法掠過腦海。但是沒特別找到能說的話語或是陪伴她的藉口，所以政近懷著懊惱打開門，伴隨著少許無力感離開階梯。

……因為像這樣陷入自己的思緒，所以政近沒察覺。

沒察覺自己的右側，二樓通往三樓的階梯有一個人影。沒察覺定睛注視他背影的乃亞，眼神像是在觀察實驗對象般冰冷。

◇

（同情真美妙耶～～）

目送政近的背影離去，乃乃亞沒什麼感慨如此心想。

同情真是美妙。只要引起同情，任何人都會變得溫柔。即使是處於敵對關係的人也願意伸出援手，聽說連殺人罪都能輕判。真是太美妙了。這麼簡單又便利的情感找不到第二個。

（畢竟連那個阿世都對我那麼溫柔了～？）

政近總是對乃乃亞懷抱戒心，這種事她也早就理解了。明明理解，卻因為沒什麼不方便而置之不理。至今是如此。

（不過……為了接觸更真實的情感，戒心會很礙事。）

在遊樂園的長椅嘗試拉近距離，現在回想起來是一大敗筆。因為當時那麼做，導致政近好不容易放鬆的戒心再度三級跳。

但是另一方面……也得知只要展現軟弱的一面，政近就會放鬆戒心的這個情報。而且藉由剛才的互動，也確認這個情報屬實。

（而且……）

看來政近希望乃乃亞變得比較像是普通人。

（真是的，有夠善良。）

政近這種好好先生的個性，令乃乃亞聳了聳肩。

不過既然這樣，起碼在政近面前像是普通人……假裝成像是即將變成普通人吧。這麼一來，今後宮前乃乃亞無論想做什麼，他都不會捨棄稀薄飄渺的希望。只要宮前乃乃亞有心想要成為普通人，久世政近就絕對無法見死不救。

（溫柔的人很好應付，真是幫了大忙耶～～）

乃乃亞維持著一點都不開心般的表情思考這種事，然後慢慢仰望頭上的平台底部喊話。

「那裡有誰在嗎？」

乃乃亞大聲問完，回應她的是寂靜。就這麼等待一段時間之後，忽然有一隻腳從上方平台踩在向下通往二樓的階梯。從階梯之間的縫隙看得見一雙腳正在下樓，卻不知為何沒發出腳步聲。

就這樣，繞過階梯扶手現身的人……是綾乃。沒有表情的臉蛋看起來卻覺得有點僵硬。乃乃亞仰望綾乃發問。

「君嶋同學……？妳為什麼在這裡？」

「……」

對於乃乃亞的問題，綾乃默默移開視線，看起來像是在思考要如何回答，但乃乃亞不以為意再三發問。

「難道說，妳一直在聽我們的對話？」

這是以詢問的方式進行確認。其實乃乃亞早就察覺綾乃跟在政近身後不遠處來到這裡。正確來說只看見腳，沒能辨識是誰的腳，卻因為完全沒發出腳步聲而推測是綾乃。

換句話說，乃乃亞是故意放任綾乃行動……然而當事人不可能知道這種事。乃乃亞像是責備般的視線，使得綾乃目光匆忙游移。接著，綾乃沉思數秒之後迅速下樓，猛然朝著乃乃亞低頭。

「非常抱歉。在下剛才偷聽了兩位的對話……」

看著綾乃深深低下頭，乃乃亞稍微減輕視線的壓力，身體倚靠在扶手旁邊。

「所以？為什麼跟蹤阿世？」

「……」

「被偷聽的我，起碼應該有權利問一下理由吧～～？」

綾乃原本就這麼低頭保持沉默，但是像這樣被乃乃亞煽動罪惡感，她不久之後慢慢開口。

「那個……在運動會的時候，在下出言冒犯了政近大人……所以想要謝罪，在等待機會的時候……」

「我們就開始交談了？」

「是的……非常抱歉。」

綾乃再度低頭，乃乃亞定睛觀察她。

「是喔……妳做了這麼難以開口道歉的事情嗎？」

「是的……」

綾乃就這麼看著下方，即使肯定也沒說明詳情。然而乃乃亞可沒有「就這麼讓她回去」的選項。

（她是呦希的搭檔，也是阿世重視的兒時玩伴……或許能利用在某些地方。）

乃乃亞一邊冷酷思考，一邊定睛觀察綾乃的表情。

昔日乃乃亞問過沙也加，該怎麼做才能推動他人。

沙也加回答說，推動人們的是合理與利益。但也有某些人光是這樣不會被推動。因為所有人都具有情感，情感經常會超越合理與利益，支配人們的行動。

乃乃亞從沙也加這段話學習到一個道理。換句話說……只要能操控情感，就能超越合理與利益，支配人們的行動。

以往乃乃亞也是觀察對方的反應改變自己的言行，表現得討人喜歡。但是還有更高的境界。不是依照對方的情感改變言行，是這邊主動改變言行……操控對方的情感。

（雖然從表情看不出來……不過忠誠心勝過罪惡感嗎？稍微換個方式進攻吧。）

乃乃亞如此判斷，雙手抱胸頻頻點頭。

「平常交情愈好的對象，某些時候愈難以開口道歉對吧～～我懂我懂。對不起哦？總覺得剛才說得像是在責備妳。」

「啊，不……在下的隱情和剛才的偷聽是兩件事。」

乃乃亞擺出完全不同的親切態度，綾乃困惑般眨了眨眼。但是乃乃亞不以為意，笑嘻嘻說下去。

「哎呀～～我也有類似的經驗所以知道喔～～想找朋友說話接近一看，那孩子剛好正在和別人說話。想說『在他們說完之前稍等一下吧』，沒想到卻居然開始表白……搞得超尷尬的。雖然事後被發現惹得對方生氣，不過實際上在那時候根本不知道該怎麼辦對吧～～」

自我坦誠以及同理心。

感到困惑與歉疚而晃動的綾乃雙眼，筆直注視乃乃亞。

（好，上鉤了。）

乃乃亞在內心冷酷觀察這個反應，露出甜美的笑容。

「畢竟這也是一種緣分，不介意是我的話就陪妳談談吧～～？放心哦？我口風很緊的。朋友也經常說我『口風意外地緊』。」

乃乃亞說的不是自我評價，是旁人對她的評價。

「不，這種事……」

「不用客氣沒關係的。畢竟阿世也陪我談過心事，這就當成是我給阿世的回禮吧。就這麼一直和重要的兒時玩伴尷尬下去，我想阿世也不好受吧。」

給予「為了政近」這個正當理由。

「而且，知道阿世和妳真正關係的人，除了呦希之外只有我與沙也親吧？」

減少選項，縮小對方的視野。

「哎～雖然不會勉強妳，但我至少可以陪妳談一談哦？就是這樣。」

盡可能使出所有招式，在最後交出主導權。

「……」

乃乃亞閉口之後，綾乃游移視線……慢慢開口了。

「希望您務必保密……」

（上鉤了。）

乃乃亞沒把內心的笑容表露在臉上，以視線催促她說下去。

「其實，關於政近大人和艾莉莎小姐搭檔參選，在下事到如今卻還說出像是責備的話語……」

「為什麼？」

「因為……政近大人是，有希大人的……」

綾乃說到這裡暫時閉口，接著說「不」否定自己的發言。

「說起來，在下沒資格苦口相勸。要是在下可以更加扶持有希大人……」

綾乃看向虛空說出的片斷獨白，乃乃亞默默品味。

（唔～～總歸來說，在喲希需要扶持的時候，阿世比起喲希更以阿哩莎為優先？）

而且綾乃無法代替政近扶持有希，對於自己的不中用感到懊悔。如此猜想的乃乃亞像是關心般下垂眉角。

「這樣啊……幫不上自己重要的人，應該很難受吧……」

「是的……」

「我也是，當年在國中部選戰幫不上沙也親什麼忙……所以能理解妳的心情。」

「是……嗎？」

「嗯。」

綾乃揚起視線看過來，乃乃亞點頭回應。

「而且到最後，沙也親在選戰敗給喲希。要是我為她做得再好一點，結果或許會不一樣吧……我是這麼想的。」

「……」

臉頰感受到綾乃的視線，乃乃亞仰望天空開口。

「我違背爸爸的期待了～沙也親這麼說完嚎啕大哭。看著這樣的她，我……」

當時的心境重現，乃乃亞閉上嘴巴，然後朝綾乃露出惆悵的笑容這麼說。

「內心痛到顫抖。」

此時她以雙手輕輕握住綾乃右手，然後繼續說。

「不過，我當時察覺了……真正重要的人，光是陪在自己身旁，一直站在自己這一邊就足夠了。光是這樣，就可以好好成為內心的支柱。所以……」

乃乃亞注視綾乃雙眼，誠摯告知。

「君嶋同學也是，我覺得妳繼續站在喲希那一邊就好。因為光是這樣，喲希肯定也能得到救贖。」

「……」

乃乃亞這麼說，但是綾乃移開視線，而且像是有點難過般低語。

「可是，在下……」

「嗯？」

「在下……或許沒辦法完全站在有希大人那邊。」

像是從胸口深處滿溢而出的這句話，令乃乃亞確信自己接觸到綾乃的真心。

（是喔～～？）

乃乃亞以擔心的表情藏起好奇的笑容發問。

「為什麼？」

「……」

「放心，我向神明發誓不會告訴任何人。」

這句誓言過於誇大，但是綾乃慢慢開口了。

「在下……想請政近大人回到周防家。」

從綾乃口中說出的，是她不曾向政近或有希說出的心願。

「希望再度和以前一樣，三個人一起……過著和樂又幸福的日常生活。」

兒時的那段歲月。有希純真地仰慕哥哥，政近對於妹妹不抱任何愧疚……旁觀這兩人的綾乃總是非常幸福……

「可是這樣會違反他們兩位的意願……這只不過是在下任性的心願。」

視線下移，聲音稍微顫抖的綾乃……被乃乃亞用力抱緊。綾乃受驚般繃緊身體，乃乃亞像是從喉嚨深處擠出聲音般向她呢喃。

「這樣啊……妳一直獨自懷抱這個想法吧……很難受吧……」

乃乃亞就這麼緊緊擁抱綾乃大約十秒，然後迅速放開她，抓住綾乃的雙肩開口。

「好，決定了！我要站在妳這邊！」

「咦？」

「妳想想，沙也親也想和阿世與喲希成為好朋友吧？最重要的是聽到妳這麼真摯的願望之後，我就忍不住想要挺妳了。」

乃乃亞稍微露出無懼一切的笑容這麼說，然後忽然放鬆表情。

「而且，阿世自己肯定也認為必須好好面對自己的家。我是這麼認為的。」

「是……這樣嗎？」

不知道。只是這樣對於綾乃來說似乎比較好辦事，乃乃亞才會試著這麼說。

「嗯，肯定是這樣。所以我也幫忙吧。啊，不介意的話可以叫妳綾乃乃嗎？」

「那個……好的。」

即使為難般游移視線，綾乃還是點頭了。乃乃亞見狀加深笑容。

意識到自己和世界有所差異的那一天。朝著池裡青蛙扔石頭的壞孩子們在想什麼，乃乃亞如今覺得稍微懂了。

他們肯定不是真的要危害青蛙。

自己扔的石頭可能會傷害小小的生命。他們在享受這份悖德感與刺激本身。

（嗯……我懂喔。）

這是不好的事情。乃乃亞有這份認知。說不定會被罵。說不定任何事都不會發生。說不定扔出石頭激發的漣漪會撼動出乎意料的東西。說不定這個行為沒有目的甚至沒有理由。

即使如此，她依然扔出石頭。

（變有趣了♡）

乃乃亞再度以雙手包覆綾乃的手，露出美麗的笑容。

「重新請妳多多指教哦？綾乃乃。那麼事不宜遲，說到該怎麼向阿世道歉——」

無邪又純粹的惡意從她的嘴唇滴落。

◇

「那麼，今天的班會開到這裡。值日生，發號施令。」

「起立，敬禮。」

「「「謝謝老師～～」」」

放學後，政近整理好隨身物品起身，向一旁的艾莉莎搭話。

「抱歉艾莉，我有點事，學生會那邊會稍微遲到。」

「是嗎？話說……你剛才又在用手機？」

政近稍微舉起手機這麼說，艾莉莎以責備般的眼神看他。聽到艾莉莎像是模範生風格的這句規勸，政近聳了聳肩。

「沒玩手遊啦。只是聯絡的話應該無妨吧？不如說，上課的時候乖乖關機的只有妳一人喔。」

「我只是在遵守校規罷了。」

「不，總之妳才是對的……但是這種小事就放我一馬吧。」

政近縮起脖子這麼說，然後匆忙離開教室。艾莉莎稍微露出白眼目送他的背影，輕輕嘆了口氣。

（真是的，不管過多久都沒有身為學生會幹部的自覺……但我太嘮叨也不太好吧。畢……畢竟要是被他討厭，會很困擾？）

艾莉莎下意識地以指尖捲著髮梢，思考這種事……赫然察覺自己的心思染上少女情懷的色彩，用力搖了搖頭。

（不行不行……從上次之後，只要稍微鬆懈立刻就會變成這樣。）

不知道現在的自己是否被人看見，艾莉莎一邊觀察周圍的樣子，一邊若無其事開啟手機電源。
間隔數小時再度啟動的手機，搜尋訊號數秒之後微微振動，通知有未讀訊息。
（嗯？是媽媽嗎？）
艾莉莎稍微揚起眉角開啟簡訊軟體，確認發訊人……然後感到意外。
（乃乃亞同學？）
即使略感困惑，依然確認乃乃亞傳來的訊息。
數秒後，艾莉莎傳訊息給學生會成員說自己與政近會稍微遲到，然後拿著書包從座位起身。

◇

（還真是被叫來奇怪的地方了……）
政近依照綾乃傳來的訊息走上階梯，在內心自言自語。場所是通往社辦大樓樓頂的階梯。政近在校慶那時候和瑪利亞交談的場所。
「唔喔……喲。」
看見綾乃站在通往樓頂的門前，政近稍微舉起單手。

最後一次道別的時候說過那種話，所以這聲招呼稍微比以往尷尬。

或許是多心，聽到這聲招呼的綾乃，面無表情的臉蛋似乎也稍微比以往僵硬。

「抱歉找您過來這裡一趟，政近大人。」

「不，這我不在意……但是為什麼？」

「是的，首先……」

這句開場白還沒說完，綾乃就準備當場下跪——所以政近三步併兩步衝上階梯，抓住她的肩膀制止。

「不不不，別在這種地方自然而然下跪磕頭，會弄髒制服或是頭髮。」

「咦？那不是很好嗎？」

「唔，居然露出這種撼動常識的率直眼神……為求謹慎先問一下，妳說的是愈髒愈能表達誠意的意思吧？不是斗M那方面的意思吧？」

「當然是前者的意思。還有，在下不是斗M。」

「啊啊，嗯，原來如……」

「在下不會從疼痛獲得快感。只是暗藏了想被當成物體粗暴對待的願望。」

「根本沒暗藏吧？完全公開了吧？還有，這個世界都把這種行為稱為斗M。」

「是……這樣嗎？」

綾乃就這麼面無表情睜大雙眼，背後轟隆一聲出現打雷的特效。趁著她身體僵住，政近抓住她的雙手半強硬拉她起身，然後重新詢問。

「所以，有什麼事？別下跪磕頭了，簡潔告訴我吧。」

「啊，好的……」

政近以果斷的語氣下令，綾乃身體一顫之後低下頭。

「首先關於運動會那件事……非常抱歉。在下身為隨從說了逾矩的話語。」

「……」

這段謝罪對於政近來說也是正如預料的內容。正因如此……所以政近早就決定如何應對。

「不，妳不必道歉。妳說的很中肯。以妳的立場，會那樣苦勸也是理所當然……最重要的在於妳是為了有希著想而那麼說。反倒是我……」

政近讓綾乃抬起頭，筆直注視她的眼睛，然後深深低頭。

「對不起。讓妳說出那種話，真的很抱歉。」

「政……政近大人，請抬起頭吧。」

綾乃的聲音明顯傳達出驚慌失措的樣子，政近抬頭之後惆悵一笑。

「妳完全沒什麼好道歉的。說起來……是我拜託妳成為有希最好的夥伴。」

這是在校慶第一天結束當晚，政近託付給綾乃的心願。

「所以……謝謝妳。謝謝妳一直扮演有希最好的夥伴。」

說完之後，政近再度向綾乃低頭。綾乃對此睜大雙眼，氣息忽然變得柔和。

「政近大人，您這番話在下承擔不起。」

綾乃說完微微一笑，政近也再度露出笑容。暫時默默相視而笑之後，綾乃重新端正表情詢問政近。

「政近大人……您對有希大人的心意，至今也沒有改變嗎？」

「有希是我的最愛，是比世界上任何人都重要的人。這個想法從來不曾動搖。」

政近間不容髮如此斷言，綾乃一度閉上眼睛慢慢點頭，然後以筆直的視線回應。

「既然這樣，在下也不再迷惘了。在下今後的行動會以有希大人為第一考量。」

「……啊啊，就這麼做吧。」

確認心意、堅定意志，兩人視線相交。

在他們的下方，向上通往轉角平台的階梯中央，艾莉莎愣住了。腦中重複播放政近剛才對綾乃說的話。

（最愛……第一……）

階梯極度不穩。扶手也扭曲變形，派不上用場。

（啊，嗚啊，啊啊啊啊啊啊啊……）

好想叫。好想吐。好想把胸口全部的東西全部全部吐出來，然後停止呼吸。

「唔，咕！」

艾莉莎以所剩無幾的理性攔下這股衝動，像是腿軟滑落般走下階梯。

一心只想離開現場，一步步走下階梯。就這樣抵達一樓的時候，旁邊傳來聲音。

「啊，阿哩莎辛苦啦～～……慢著，妳怎麼下來了？我們是約在樓上……」

聽到這個聲音慢慢抬頭一看，眼前是一臉疑惑將視線移向樓上的乃乃亞。

乃乃亞說要找她談事情……然而現在艾莉莎的內心沒有餘力應付她。

「對不起……妳要談的事情可以改天嗎？」

「咦？啊～～是可以啦……不過怎麼了？發生了什麼事？」

「對不起。」

艾莉莎只說到這裡，就以蹣跚的腳步要走過乃乃亞身邊。然而……

「慢著，等一下啦。」

乃乃亞從旁邊抓住艾莉莎的手，硬是讓她停下腳步。仔細一看，乃乃亞掛著不同於以往的嚴肅表情注視。

「露出這種表情的阿哩莎，我沒辦法扔著不管。發生了什麼事？」

瞬間，艾莉莎衝動地想甩掉乃乃亞的手跑走，卻在最後一刻打消念頭，以顫抖的肺做個深呼吸之後開口。

「……發生了什麼事，我不能說。」

因為這樣會表露自己藏在心底的情感。

「不過……可以稍微陪在我身邊嗎？」

希望她陪在身邊監視。

因為要是就這麼獨處，恐怕會做出什麼天大的事情。對於艾莉莎隱含這種心境的要求，乃乃亞爽快點頭。

「嗯，可以喔～～」

「……謝謝。」

「完～～全不用在意。我們是朋友吧？」

乃乃亞若無其事這麼說，然後放開艾莉莎的手，拍了拍她的肩膀。一如往常我行我素不拘小節的這種態度，引得艾莉莎輕聲一笑。

她連想都沒想過，以開朗聲音表現親切舉止的乃乃亞，臉上其實完全沒有表情。

第4話 吐露

叮～～咚～～噹～～咚～～

宣告打掃時間結束的鐘聲響起。艾莉莎在保健室床上聆聽這個聲音。

『既然身體不舒服～～就去保健室躺床吧～～？』

這麼說的乃乃亞將艾莉莎半強迫地扔到床上。於是即使到了學生會開始的時間，艾莉莎依然在床上動也不動。

（這樣算是蹺課嗎……）

若是如此，那就是人生第一次的經驗。

艾莉莎在腦中一角心不在焉想著這種事並且自嘲。

蹺課這種行為絕對不能被原諒。太離譜了。這是人生的汙點。明明這麼想，卻連撐起身體的氣力都拿不出來。

內心被沉重的情感填滿，甚至沒有餘力鄙視自己的行動。

『有希是我的最愛，是比世界上任何人都重要的人。這個想法從來不曾動搖。』

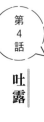

從階梯上方傳來的政近這段話，一直在腦中重複播放。好想當成是自己聽錯。然而，政近在校慶彈奏鋼琴的身影，在運動會期間看向有希的視線……不容許艾莉莎逃避現實。

（啊啊，說不定他們兩人……）

或許是一直相互喜歡，卻因為家庭問題而被迫分開的關係。有希是名門的獨生女，政近是中等家庭出身。因為門不當戶不對，所以即使兩情相悅也不被准許交往……如果這麼想，政近在運動會向有希母親露出的那張表情也可以得到解釋。

（政近同學隱瞞的真相，換句話說就是這麼回事嗎……？）

這麼一來還真是滑稽。明明從一開始就沒有介入他們兩人之間的餘地。政近對艾莉莎的情感，始終是人與人之間的尊敬或情誼……其中不存在戀愛情感。但是自己卻擅自喜歡對方，擅自一頭熱，到最後像這樣……擅自悲傷。

「！」

胸口在顫抖，艾莉莎不自覺地差點哽咽出聲，勉強吞回肚子裡。

不准哭。乃乃亞還在布簾外面。像這樣因為失戀而哭泣，脆弱又丟臉的自己，不想被任何人看見。

（沒錯。區區失戀算得了什麼。早點察覺所以傷得不深，這樣不是很好嗎？）

察覺自己的戀心之後，立刻得知這是不會成真的戀情。在無法挽救之前就能夠得知真相……

「唔，呼，嗚……」

艾莉莎裹在被單裡，將臉埋進枕頭，抑制湧上喉頭的嗚咽。即使如此，話語依然從顫抖不已的胸口滿溢而出。

【不要，我不要……】

基於最後的矜持，起碼不能被任何人知道。努力不讓聲音顫抖，暗自呢喃。

【我喜歡……喜歡……】

心情滿溢，話語停不下來。

說這什麼話，這樣哪叫做傷得不深？早就已經無法挽救了。早就已經被奪走芳心無計可施了。無法想像和久世政近以外的人共度未來。光是想像自己身邊再也沒有政近就差點心碎。

【喜歡……你……】

◇

『謝謝您，宮前大人。多虧您的建議，在下好好向政近大人謝罪了。』

『這樣啊～那就好。而且我說過，叫我乃乃亞就可以了，也不必加「大人」。』

『那麼……乃乃亞小姐，謝謝您。』

『不客氣，今後隨時都可以找我談事情喔～』

乃乃亞一邊和綾乃互傳簡訊，一邊隔著布簾聆聽艾莉莎隱約發出的聲音。

（唔～扼殺情感的這種人果然很無趣耶。）

將情感壓抑到極限的聲音，不會傳達出艾莉莎的內心情感。

乃乃亞追求的是純粹、強烈又赤裸裸的激烈情感。想看看強烈到撼動她冰冷內心的情感爆發。

然而烏合之眾的情感爆發無法撼動內心，乃乃亞至今試過很多次所以明白這一點。那麼即使比不上沙也加，交情還算好的艾莉莎又如何呢？雖然乃乃亞如此心想……

（哎，畢竟主要目標是阿世。就算無趣，總之也必須以量取勝才行～）

能佈的局盡量佈比較好。為此也……

（那麼，開始收尾吧～）

在內心軟弱的時候趁虛而入，是控制他人心理的基本功。為了在這時候一口氣和艾莉莎拉近距離，乃乃亞朝著布簾伸手——

嗡嗡。

手中的手機通知收到簡訊。

『乃乃亞同學，還在打掃嗎？』

傳簡訊的是光瑠。看到這則簡訊，乃乃亞才想到今天是在輕音社團練的日子。

（唔～～……今天要不要請假呢……）

看向病床打算這麼回應的時候，手機再度振動。

『今天不來輕音社嗎？』

這次傳簡訊的是沙也加。一看見這個名字，乃乃亞就以雙手握住手機，以最快的速度輸入簡訊。

『會去啊？難道妳要來看嗎？』

『等一下……』

『知道了，立刻過去～～』

乃乃亞在最後送出愛心滿天飛的貼圖，將手機塞進口袋，然後隔著布簾搭話。

「阿哩莎～～？我要去輕音社那邊哦～～？」

這聲招呼沒收到回應。但是乃乃亞不以為意，假扮成貼心的好友，刻意踩出比較大的腳步聲離開保健室。

（那麼～～快快走吧～～♪）

乃乃亞就這樣立刻以音樂室為目標，在走廊輕盈邁步奔跑。綾乃以及艾莉莎的事情都從她腦海消失得一乾二淨。

◇

「那麼，各位辛苦了～～」

「喔，辛苦了～～」

「辛苦了～～」

「各位辛苦了。」

結束學生會的業務，政近走出學生會室，然後看著完全變暗的走廊外面皺眉。

（結果艾莉沒來……）

雖然有在學生會的群組留下「會晚點到」的訊息，之後卻沒消沒息。瑪利亞打電話也沒接通。今天要處理運動會結束後的各種業務，已經預先知道會比較忙碌。

很難想像艾莉莎會在這種時候扔著業務不管，所以學生會所有成員都不是生氣而是擔心。政近個人也不例外……

（運動會之後就很少和艾莉說話了……）

家庭那邊發生各種事，所以政近沒什麼餘力在意，也認為艾莉莎可能也察覺到某些事所以沒有過問……但是看她今天不知為何缺席學生會，事情似乎沒有這麼簡單。

（瑪夏小姐說會再打電話給她……但我也找一下吧。）

政近如此心想，決定在回去之前，去自己想得到的地方找一遍。

「不在嗎……」

行經教室、教職員室再看過第二音樂室的政近，在走廊獨自呢喃。

（如果她其實已經回家就好笑了……）

但政近自己知道不可能有這種事。正因為知道所以更加擔心。

（……總之再去一趟教室看看吧。）

如此心想的政近一個轉身，遇見出乎意料的人物。

「哎呀，這不是久世嗎？」

以裝模作樣語氣搭話的是鋼琴社社長桐生院雄翔。在一個月前的校慶引發捲入全校的騷動，被堂姊堇懲罰剃光頭又遭受一個月停學處分的男生。看見在校慶針鋒相對的這個死對頭，政近頓時板起臉。

政近原本就不欣賞自戀又自我中心的雄翔，在校慶還因而留下各種黑歷史。再加上，他現在很擔心艾莉莎……
「喔，再見。」
因此政近只瞥了他一眼，就從他前方快步經過。然而……
「哎，等一下啦。」
雄翔迅速繞到政近前方，不知為何毫無必要地靠在牆邊賞了一個毫無必要的眼神。難道是少女漫畫或是愛情連續劇看太多嗎？好想這麼吐槽的這種做作態度，使得政近臉頰大幅抽動，好不容易克制不耐煩的心情開口。
「欸……說起來，我和你應該不是會正常交談的關係吧？……有什麼事？」
「嗯？總之沒什麼要緊的事。」
「小心我賞你一記發勁喔，你這個斑點禿。」
毫不留情的這個稱呼，令雄翔臉頰頓時僵硬。
但是說來悲哀，大概是自己也明白這個形容正中紅心，他的反應是好笑大於生氣。
雄翔被董剃光頭髮的腦袋，雖然在停學期間長出不少頭髮，但是頭皮各處剃得太深的部分長得比較慢。頭髮稀薄呈斑點狀的這個狀態真的是「斑點禿」。
只能說過於精準的這種形容方式，讓雄翔僅止於發笑而勉強忍住，他誇張地張開雙手聳肩。

「真是的，居然拿別人的身體特徵當笑柄……所以我才拿庶民沒辦法。」

「把別人稱為庶民的傢伙沒資格這麼說。」

如果是天生的或是因為生病或意外而不得不變成這樣，政近當然不會當成笑柄。然而雄翔現在這樣單純是自作自受。不只是過去造成許多困擾，現在也正被挑起不耐煩心情的政近，難免會想說這種話消遣他。

（話說，既然以「庶民」稱呼我……這傢伙沒察覺我和有希是兄妹嗎？）

政近忽然這麼想，重新換個想法認為說得也是。

即使以前的姓氏相同，因為這樣就跳過考證認為「該不會是兄妹吧」的人也是壓倒性的少數派吧。絕大多數的人都會認為純屬巧合，頂多推測是遠房親戚。一眼就看穿兩人是兄妹的乃乃亞比較奇怪。

思考這種事的時候，雄翔似乎重振精神，若無其事地搭話。

「看你放學之後待在這種地方，你幫管樂社伴奏的傳聞是真的嗎？」

「……這種傳聞，你是聽誰說的？」

肯定只有一部分人知道的這個情報，政近沒有肯定或否定就如此反問。接著，雄翔不以為意般回答。

「我是鋼琴社的社長啊？同樣是音樂社團，好歹還是會聽到一些傳聞。」

「啊啊這樣嗎……不過很可惜，我只是在找人。就是這麼回事了，再見。」

只說完必要最底限的事情之後，政近再度要從雄翔面前經過。然而……

「你在找的人是九条艾莉莎嗎？」

聽到雄翔說出的這句話，政近不得不停下腳步，然後以疑惑與警戒參半的視線瞪向雄翔。

「別露出這種表情啦。我只是湊巧看見九条和宮前一起進入保健室而已。」

「和乃乃亞……？」

出現直到剛才浮現在腦海的人物名字，政近皺起眉頭。但是無論如何，雄翔的話語確實是有益的情報，所以政近即使不情不願還是道謝了。

「……感謝協助。再見。」

然後，這次他真的要從雄翔面前經過——

「哎，等一下啦，久世……你當真要邀請那個宮前一起加入學生會嗎？」

對於話中有話的這個問題，政近暗自心想「好煩」並且回答。

「……如果我們當選，就會這麼做吧。」

聽到政近的冷淡回應，雄翔明顯露出鄙視的笑容。

「你當真？居然主動邀請那種危險分子來到自己身邊，我只覺得你瘋了。」

雄翔的話語令政近瞬間語塞……說不出話了。

這個反應本身就是最好的證據，證明政近認同雄翔這個說法有一定的道理。

「你該不會以為宮前是成功拉攏之後會很可靠的人吧？是的話你就大錯特錯了。」

雄翔敏銳看透政近的想法，進而全盤否定。

「宮前不會站在任何人那邊。對於那個女人來說，這個世界只有兩種人。重要的觀察對象以及壞掉也沒關係的觀察對象。如此而已。」

「……她在性格扭曲的人眼中是這樣嗎？」

「她在好好先生眼中不是這樣嗎？」

被雄翔面不改色酸溜溜地回應，政近厭惡地扭曲嘴角。即使如此……既然已經把乃乃亞當成朋友，就不能以沉默肯定雄翔的說法，所以政近繼續反駁。

「桐生院……你認識的是以前的乃乃亞吧？那傢伙也和各種人交流，經歷各種事情之後逐漸改變了。現在的那傢伙和以前的那傢伙不一樣。」

「沒有任何不一樣。如果你認為不一樣，單純只是她假裝給你看的。」

「你……」

雄翔始終把乃乃亞說成邪惡的存在，政近終於冒出怒火。然而雄翔只是聳了聳肩，似乎沒要對此做些什麼。

「受不了，我說了這麼多還不懂嗎？」

雄翔一邊搖頭一邊這麼說，然後背部離開牆壁，從政近身旁經過。

「我最後再給你一個忠告。忍不住就想相信別人的善性，是你的一大弱點喔，久世。」

雄翔只在擦身而過的時候這麼說，然後離開現場。

這段話聽在政近耳裡也有點發人省思……但是不提這個，被他說了這麼多也不是滋味，所以政近朝著雄翔離去的背影開口。

「頂著那顆頭也不改裝模作樣的態度，是你的一大弱點喔，桐生院。」

「！」

雄翔突然踉蹌，政近斜眼看著這一幕前往保健室。在這段期間，雄翔的話語也在腦海捲動。

（乃乃亞看起來像是有所改變……全都是那傢伙的演技？）

荒唐。那種性格扭曲的反派說什麼都不必聽進去。朋友乃乃亞以及敵人雄翔，你要相信哪一邊？

即使像這樣思考，也無法消除疑惑。

無法否定腦中某處的自己認同雄翔的主張。一度萌芽的疑惑在腦中紮根，逐漸侵蝕思緒。

（乃乃亞與艾莉一起去保健室……？艾莉身體不舒服嗎？為什麼不同班也不同社團的乃乃亞會和艾莉在一起？難道說，乃乃亞對艾莉做了什麼……）

為秋嶺祭慶功而前往遊樂園的時候，長椅上的乃乃亞像是交纏般投過來的視線與話語，在政近腦海重現。

不知道當時認真到何種程度，也不知道正常的想法對那個乃乃亞通用到何種程度。但是，如果始終以一般論點來說……女生要是看見自己在意的男生身旁有另一個更親近的女生，應該會對這名女生抱持敵意吧。

（如果乃乃亞是這種狀況……不，但是乃乃亞在那之後就沒對我有任何表示，何況說起來！我剛剛才決定要拋棄對於乃乃亞的偏見吧！）

浮現在腦海這個懷疑朋友的想法，政近伴隨著羞恥與自我厭惡的心情消除。

『忍不住就想相信別人的善性，是你的一大弱點喔。』

緊接著浮現在腦海的雄翔忠告，政近也立刻消除，快步走向保健室。他要和艾莉莎交談，藉以完全消除這個疑惑。或者說政近希望可以消除。

「打擾了。」

政近壓抑急躁的心情輕敲拉門，踏進保健室。接著，坐在桌子前面的保健老師迅速抬頭。

「哎呀……難道是來找九条同學？」

「啊，是的。那個……」

「她在那裡。正想說差不多該叫她起來了，所以你來得正好。」

保健老師說完之後打開唯一拉上的布簾，進入內部。

『九条同學，身體狀況怎麼樣？久世同學來接妳了哦？』

老師這麼叫著艾莉莎，接著傳來輕聲交談某些事的聲音。不久之後，老師掛著抱歉般的表情出來了。

「對不起，久世同學。雖然你特地過來一趟……但是九条同學說她再休息一下就會回去，要你別在意。」

「咦？」

這是委婉的拒絕。政近沒想到居然會被拒絕見面，不由得啞口無言。然而……

（哎，不過……既然她本人說不要了……）

以自己的情感為優先僵持下去，只會造成困擾吧。既然艾莉莎說不要，身為搭檔就應該尊重這份意願。

「啊啊，那麼……我去叫瑪利亞學姊，叫她的姊姊過來。」

「也對，這樣或許比較好。」

至少要讓艾莉莎好好回去。政近取出手機要聯絡瑪利亞的時候……

——又要逃避嗎？

這個聲音在腦中響起。不由得停止動作之後，浮現在腦海的是有希的臉。在購物的時候，有希露出的虛假笑容。

「……」

當時政近假裝沒看見，假裝沒發現。明明察覺到有希懷抱痛苦的心情。

這是有希的意願，所以要尊重妹妹的意願。當時政近以這種稱心如意的狗屎藉口逃避了。

現在的我……是不是又要做出同樣的事？

（既然知道艾莉的狀態明顯不對勁，只因為被拒絕就說「好的，這樣啊」離開，這樣真的正確嗎？我……應該約定過了吧！）

決心和艾莉莎共同參選的那一天。會在身旁扶持妳。再也不會讓妳孤單一人。政近是這麼發誓的。

不能繼續打破這個約定——

「艾莉！」

不知道是在對自己生氣還是使命感的情感在內心爆發，驅使政近大喊出聲。

他將手機塞進口袋，迅速經過目瞪口呆的保健老師身旁，拉開布簾。

然後，政近甚至無視於背後老師制止他的聲音，踏進布簾內部。

◇

作了一個夢。

艾莉莎在床上哭泣的時候，政近前來迎接。然後他開口了。說這一切都是誤會。說他最重視的是我。說完之後，他溫柔緊抱我。做了這種，啊啊，真是稱心如意的夢……

「——条同學，九条同學。」

身體被搖晃，艾莉莎醒來了。隨即映入她眼簾的，是被穿透純白被單灑落的光線朧朧照亮的枕頭。

「九条同學，身體狀況怎麼樣？久世同學來接妳了哦？」

「！」

聽到老師這麼說，艾莉莎胸口微微彈跳，立刻平靜下來。

她以直覺明白一件事。即使政近和夢裡一樣前來迎接，後續也不會和夢裡一樣。

我知道。這一切都是夢。但是現在……我還不想正視現實。

「……我再休息一下就會自己回去，可以請他回去嗎？」

「咦……這樣啊……請他回去就好吧？」

「是的。」

「沒事嗎？要不要準備什麼東西——」

「我沒事。」

艾莉莎簡短回應之後，像是拒絕繼續問答般將自己用力裹在被單裡。

內心狂暴到無法控制的情感，在睡著的時候暫時平息。相對的，目前填滿艾莉莎全身的是無從處理的虛脫感。

好空虛。一切都好空虛。搞不懂自己在做什麼。現在像這樣躲在這裡，找不出任何意義。

不，實際上應該沒什麼意義吧。因為這一切都是沒有用處、沒有價值、沒有意義的獨角戲……

「艾莉！」

此時被尖聲叫到名字，艾莉莎身體一顫。緊接著，隨著布簾拉開的聲音，感覺到某人——不對，是政近站在身邊。

「艾莉……？發生了什麼事？」

「慢，慢著久世同學！不可以擅自跑到病人床邊——」

「老師，可以請您稍等一下嗎？如果艾莉無論如何都要趕我出去，我會立刻出去的。」

聽到政近這麼說，老師將話語吞回肚子裡。然後，隔著被單傳來政近充滿關懷的聲音。

「艾莉……還好嗎？願意說明發生了什麼事嗎？」

溫柔的聲音。聽得出來是由衷擔心艾莉莎的聲音。

但是，這個聲音如今聽起來也好空虛。

（這份溫柔，並不是專屬於我一個人吧……？）

這種彆扭的想法浮現在腦海，立刻化為泡沫消失。如果不是專屬於我，那算得了什麼？無聊。沒有意義。這個想法也全部……

「難道說，乃乃亞她……做了什麼嗎？」

「……？」

但是，這時候傳來政近嚴肅的聲音，使得艾莉莎腦中冒出問號。以此為契機，遲鈍發麻的大腦開始回復正常運作。

「剛才那個，桐生院對我說，妳剛才和乃乃亞在一起……」

「……不是。」

「咦？」

艾莉莎終於回以正常反應，政近驚叫出聲。

「和乃乃亞同學無關……她只是幫忙照顧不舒服的我。」

「咦，啊，是這樣嗎？啊，那麼全都是我擅自……」

聽到這個染上後悔與羞恥的聲音，艾莉莎悄悄撐起被單露出單邊眼睛，看見蹲在床邊用雙手摀住臉的政近。

「——誤會了嗎？好丟臉……什麼嘛，it's the 不可原諒……」

這副模樣充滿搞砸事情的感覺，艾莉莎不禁從喉頭輕聲發出「嘻嘻」的笑聲。然後她察覺政近「嗯？」地抬起頭，立刻放下被單遮住視線。

（我……在笑什麼啊……）

和這個充滿疑問的想法相反，嘴角不知為何上揚。政近露出難為情的表情抱著頭。明明只是這樣，現在卻莫名覺得好笑得不得了。

「艾莉……？」

艾莉莎在被單底下默默抖動身體，政近朝她發出疑惑的聲音。

對此，艾莉莎拚命克制情感，以平淡的聲音回應。

「沒什麼……只是聽到了一些討厭的事情。」

「討厭的事情……難道是在出馬戰敗北的事情嗎？」

艾莉莎避開細節這麼回答，政近做出錯誤的推測。這對艾莉莎來說也出乎預料，不知該怎麼回應而沉默。而且不知是怎麼解釋這股沉默，政近的誤解持續加速。

「確實，在出馬戰敗北對我們來說是一大打擊。但也讓大家留下堇學姊與依禮奈學姊站在我們這邊的印象，所以整體來看的結果並不差。由於以往一直勢如破竹，所以或許暫時會有人冷言冷語，但是不必逐一理會這種聲音——」

誤以為艾莉莎被有希支持者說壞話而臥床不起，政近正經八百地費盡唇舌安慰。這也不知為何非常有趣。

（真的是什麼都沒察覺……）

你以為到底是誰害得我這麼消沉？

艾莉莎像這樣心想，忽然想起至今其實也都是這樣。

政近總是技高一籌，表現得像是知道艾莉莎的一切……卻沒察覺最重要的事。這樣非常滑稽，感覺自己勝過政近，所以好開心……

（呵呵，你真的是……什～～麼都沒察覺。）

你沒察覺我的心意，我好開心。你沒察覺我的心意，我好生氣。

在被單底下，艾莉莎一邊聽著政近拚命述說，一邊沉浸在相反的兩種想法。即使如此，想到政近正在為了自己費盡唇舌，身體就逐漸充滿幸福感。

因為即使這是偏離重點的話語，現在政近盡心付出的這份溫柔……也專屬於艾莉莎一個人。

（你的真命天女……不是我，我好難過。）

艾莉莎心目中的真命天子是政近，反過來的狀況卻不成立。這是無比悲傷的事，難受到幾乎無法呼吸。不過……艾莉莎沒辦法放棄。

（所以……這份心意暫時沉進心底吧。）

因為政近受到吸引並且想要聲援的對象，是堅定向前的九条艾莉莎。不能像這樣消沉蜷縮。

直到總有一天政近願意轉身看過來，艾莉莎必須持續堅強站穩腳步。因為政近肯定也是這麼希望的。所以……

「──也增加了哦？現在連我也……」

為了鼓勵艾莉莎，政近依然繼續說個不停，此時艾莉莎從被單下方伸出右手向他微微招手。

「嗯？什麼事？」

政近探出上半身，略顯顧慮般把頭湊過來。此時艾莉莎不發一語繼續招手，政近似乎以為要找他說悄悄話，將臉湊到艾莉莎的頭部附近。

「什麼事……？」

政近疑惑的聲音從近在眼前的位置傳來時，艾莉莎猛然起身，然後在政近嚇一跳挺直上半身的時候，將身披的被單蓋在他身上。

「唔哇……！」

政近雙手撐在床上，就這麼反射性地閉上眼睛。艾莉莎將他的頭緊抱在胸前。

然後，她將嘴唇貼在政近意外柔軟的黑髮，輕聲呢喃。

Люблю.

不是以往那種脫口而出的話語，是發自內心，懷著幾乎滿溢的愛慕。暗中告知心意之後，艾莉莎閉上雙眼，將自己的戀心沉進內心深處。

就這樣慢慢解開擁抱之後，政近抬起頭，兩人的視線在純白被單底下交會。政近眼角微微抽動，似乎還沒從艾莉莎突然的擁抱平復混亂的心情。

「那個……怎麼回事？」

政近露出符合年齡像是少年的表情。艾莉莎像是揮別迷惘般，露出一如往常的挑釁笑容。

「你的遲鈍真是幫了大忙……我已經沒事了。」

艾莉莎說完迅速拉開被單，保健室的日光燈隨即灑下耀眼燈光。艾莉莎不禁瞇細雙眼眨了眨……隨即看見在政近背後露出僵硬笑容的保健老師。

「我說你們兩個……當著老師的面在做什麼？」

對此艾莉莎也說不出任何話，不禁因為罪惡感與尷尬而移開視線。此時，老師嘆了長長的一口氣之後開口。

「總之……我沒看見你們在做什麼，所以這次放你們一馬。好啦，既然人都好了就回去吧。」

「好，好的……謝謝老師。」

艾莉莎在催促之下穿好室內鞋，拿著書包站起來。就這樣一邊頻頻鞠躬一邊走向門口時，老師瞪向這裡開口。

「預先說明以防萬一……要是拿保健室的床做那種事，會立刻停學處分喔。」

「沒有做啦！」

聽到政近的強烈否定，艾莉莎才終於察覺「那種事」是什麼意思。

「沒……沒有做！絕對沒做那種事！」

艾莉莎像是哈氣威嚇般大喊，老師露出溫馨的眼神搖手趕人。即使對此不悅噘嘴，艾莉莎還是行禮之後走出保健室。政近跟在艾莉莎身後關上拉門，感應到有人出現的走廊照明接連點亮。

「唉……那麼，回去吧？」

「……也對。」

艾莉莎跟著莫名疲憊的政近走向玄關。在這段期間，保健老師給予的忠告也在腦中重複播放。

（那種事……我和政近同學？）

不由得想像起這種光景，艾莉莎腦袋頓時發燙，牙齒咬得軋軋作響。

「──不可能！」

「唔喔，怎麼了？」

政近嚇一跳向後仰，艾莉莎在這時候回神，尷尬撇過頭去，以俄語輕聲呢喃。

【沒錯……那種事要等到結婚……最少也應該等到訂婚之後……因為，這樣可能會懷上寶寶……何況我自己也幾乎——】

因為生氣與羞恥，艾莉莎露出嚴厲表情逕自持續反駁。在她的身邊……

（喔，有一顆好亮的星星～～難道是金星嗎～～好驚人耶～～）

聽到一旁的艾莉莎輕聲說出赤裸裸的獨白，政近將視線投向遙遠宇宙的盡頭。

第5話
慌亂

「那麼，晚點見。」

「好～～」

政近在教室前面輕輕揮手，和艾莉莎道別。

（唉……）

然後他一個轉身背對艾莉莎，在內心嘆出長長的一口氣。

昨天艾莉莎在保健室臥床不起，政近為求謹慎送她回家。結果在今天早上見面的時候，艾莉莎已經完全回復為以往的模樣。感覺沒有特別保持距離，看起來也沒消沉，似乎完全取回正常的步調，這件事本身對於政近來說也值得開心，但是……

（這次換我無法保持平靜了。）

被緊抱時柔軟又溫暖的觸感。像是呢喃般說出的第二次表白。還有……艾莉莎以俄語赤裸裸說出的性觀念。

（不，我也有努力不去聽哦？雖然努力過了……但就算不願意還是會聽到啊！）

總之，現在非常明白艾莉莎在那方面的潔癖也很重了。雖然一點都不想明白。

（該怎麼說，受不了，真是的……比方說艾莉那段表白的意思，我知道一定要好好思考才行……不過老實說，我的腦袋沒能想到那麼多……）

而且當事人艾莉莎態度那麼乾脆，所以政近也開始冒出「這件事乾脆全部忘掉比較好嗎～～」這種感覺……失去深思的動力。

（總之，這或許也是一種逃避吧……）

昨天意氣風發心想「不能繼續逃避了～～」卻一整個徒勞無功，不禁覺得現在變成這樣也在所難免。回想到這裡，當時的羞恥與後悔重新甦醒，政近在內心鄭重向乃乃亞低頭。

（不，真的很抱歉。明明只是陪在艾莉身旁，我卻完全基於偏見懷疑妳……這一切也都是那個斑點禿的錯，嗯。）

順手將責任推給雄翔的這時候，看見學生會室了。

「咳咳。」

政近在門前清了清喉嚨，端正姿勢與表情之後敲三次門。

「打擾了。」

一邊打招呼，一邊打開學生會室的門——

「……這是？」

映入眼簾的意外光景，使得政近就這麼握著門把愣住。

紙盤與紙杯整齊排列在長桌。紙盤上擺著可麗露與瑪德蓮之類的西式點心，此外也準備了許多的點心與飲料。一眼就看得出是點心派對的這幅光景裡，大放異彩的是穩重擺放在桌子中央的南瓜怪。

「喔，等你好久了，久世學弟～～不給糖就搗蛋！」

「已經十一月了喔。」

此時一名學姊跑了過來。這些東西應該是她準備的。總之政近先這麼吐槽，然後瞇細眼睛看向這名學姊的打扮。

「違法少女學姊，這套服裝是怎麼回事？」

「沒錯，有時候是美麗的管樂社社長，有時候是神祕的性感假面。至於現在的我是……慢著，『違法少女』是什麼啊？」

「想說已經不是合法自稱魔法少女的年齡了……」

「別露出那種冰冷的眼神！我在等你的時候也回神三次左右！」

「那不就是失神四次了？」

違法少女學姊……更正，依禮奈學姊別過頭去，以雙手擋住政近的視線。穿在她身上的是縫滿閃亮荷葉邊，頂多只能容許國中生穿上的魔法少女服裝。

「這也沒辦法吧！我拜託手工藝社『借我魔女的扮裝服』之後，他們就拿出這套衣服了！」

「不意外。」

依禮奈單手按著不只太短還太過蓬的裙子，另一隻手揮動一根像是魔法手杖的物體。唔～～相當不堪入目。

（我覺得光是放開那把手杖應該就會好很多……學姊真是老實。）

政近輕輕嘆口氣，將視線移回桌子那裡。

「話說回來，這難道是運動會的慶功宴……之類的嗎？」

「沒……沒錯沒錯，統也與茅咲以外的人都沒參加執行委員會的慶功宴吧？所以想說重新舉辦一次……順便採用萬聖節的風格這樣。」

雖然真的是脫口而出的說明，聽到這段話的政近卻啞口無言。

正如依禮奈所說，原本學生會成員也受邀參加運動會結束後的執行委員會慶功宴。不過有希與綾乃因為優美變成那樣而婉拒參加，政近也實在沒心情慶功，艾莉莎也關心搭檔而沒有參加，瑪利亞也效法妹妹……就像這樣，最後是由會長與副會長代表（？）學生會參加慶功宴。

「啊啊沒有啦，我不是在責備哦？畢竟在出馬戰結束之後若無其事大喊慶功吧～～果然也很尷尬，對吧？」

不知道是怎麼解釋政近的沉默，依禮奈有點慌張般這麼說。雖然她的解釋稍微和事實不符，但是既然不能說出實情也無法否定。害得學姊這麼操心，政近基於歉意露出含糊的笑容轉移話題。

「啊～～所以學姊特地幫忙準備了慶功宴是吧。謝謝。」

「不客氣不客氣～～」

「話說回來……只有依禮奈學姊嗎？執行委員長呢？」

「咦？啊啊……那傢伙的話，因為女友很嚴格，懂嗎？」

對於自己學生會時代的搭檔，依禮奈露出像是唾棄的表情這麼說。

「女友很嚴格……意思是不能參加有女生的慶功宴這樣嗎？又不是大學生去喝酒……」

「會這麼想吧～～？食物又沒有酒精成分，明明不會犯下任何錯誤對吧～～？哎，不過那傢伙自己被女友的獨占慾迷得神魂顛倒，所以算是很登對吧。」

依禮奈張開雙臂聳肩，然後指向桌面。

「不過有送東西贊助喔。你看，那些盤子上的西式點心就是那傢伙送的。」

「啊，原來如此。」

「聽說是相當有名的店喔～他說沒能直接參加慰勞大家，所以改成出錢。」

「他是理想的上司嗎……」

這種做法就像是只幫新進人員餐聚出錢的中年幹部，政近輕聲吐槽，然後露出正經表情開口。

「不過，這時候有一件遺憾的事情要告知。」

「咦，什麼事？」

「今天，會長與副會長不會來。」

「咦？」

「不只如此，艾莉、有希與綾乃三人也會遲到。」

聽到政近提供的情報，依禮奈半笑不笑歪過腦袋。

「……為什麼？」

「因為來光會的校友好像來了，所以不只是會長，參選下任會長的兩人也一起被叫過去。副會長更科學姊今天去了風紀委員會，所以她們兩人應該是要代替她吧？啊啊，綾乃單純是輪值打掃。」

「來光會的……？為什麼又……」

「好像是關於捐款……應該說捐贈？的事情吧？說是要把運動會使用的帳棚等器材換新。」

「啊啊，確實也有一些器材已經很髒了……慢著。」

依禮奈像是理解般頻頻點頭之後，笑容突然僵住。

「難道說，我白跑一趟了……？」

「……艾莉與有希好像只是簡單拜會之後就會過來。」

無論如何，只能說她來得不是時候。

（如果要給個驚喜，就必須在事前好好收集情報才對……）

兩人深深學習到這個教訓，露出微妙的表情相視。此時響起敲門聲，轉身一看，瑪利亞正要進入學生會室。

「咦？依禮奈學姊？哎呀～這些是怎麼了～？」

瑪利亞發現依禮奈在場而歪過腦袋，接著看向桌面，伴隨喜悅發出疑問的聲音。

重新振作的依禮奈再度說明原委之後，瑪利亞開心笑著坐在自己的固定位置，以閃亮眼神看著亮晶晶的美味西式點心。

「哇，這個看起來好好吃……慢著，哎呀？」

她眨著眼睛拿起可麗露，將鼻子湊過去聞味道。

「這個……有用到酒？」
「啊啊，因為是可麗露，所以是不是加了蘭姆酒？」
「這樣啊～～唔～～雖然很可惜，但是這個我不能吃耶～～」
「咦，為什麼？不喜歡酒嗎？」
對於政近的疑問，瑪利亞就這麼拿著可麗露，露出有點害羞的笑容。
「與其說不喜歡……應該說我的酒量非常差……光是聞到爺爺用暖爐加熱的伏特加味道就會醉了。」
「光是聞到味道？……啊啊對喔，酒精是會揮發的。氣化的酒精就會醉嗎……」
「就是這樣～～啊，不過這個聞起來好香……包括蘭姆葡萄乾也是，蘭姆酒有一種獨特的氣味對吧。唔～～不能吃真是可惜。」
瑪利亞悲傷地定睛注視著烤出黑色寶石般色澤的可麗露，「只吃一點的話……」
「唔～～可是……」她就像這樣輕聲呢喃。
「原來瑪利亞學妹酒量這麼差啊……我一直以為俄羅斯人的酒量比日本人好。」
「哎，畢竟瑪夏小姐是半個日本人，而且俄羅斯人應該也不是酒量都很好吧。」
「說得也是。啊啊～～不過感覺艾莉莎學妹酒量很好耶～～雖然只是猜的。」
「也對。應該說，我不太能想像那個艾莉醉醺醺的樣子……」

「我懂～～瑪利亞學妹，實際上這方面怎麼樣呢？不過，艾莉莎學妹應該沒喝過酒……吧……」

看向瑪利亞發問的依禮奈聲音，突然減速之後停止。循著她的視線看去，政近也立刻察覺原因。

「嗯嗯～～？什麼事呢～～？」

瑪利亞的聲音比平常還要軟綿綿地拉長，眼神像是作夢般陶醉。不時噴出小花或是愛心符號的頭頂，輕飄飄地冒出泡泡……手上是沒留下任何咬痕的完整可麗露。

「還真的只聞味道就醉了！」

怎麼看都是微醺狀態的瑪利亞被政近如此吐槽之後，她發出「唔唔～～」像是剛起床的聲音，腦袋連同身體傾斜，露出傻呼呼的笑容。然後身體向後靠在椅背，將手上的可麗露送進嘴裡。

「慢著，不可以吃啦！」

依禮奈在這時候撲過去，從瑪利亞手中搶走可麗露，連同紙盤從瑪利亞手邊移開，瑪利亞隨即發出「啊～～」的哀愁聲音伸出手，將豐滿的胸部壓在桌面，手臂伸直到極限揮動。得知這麼做也搆不到，她立刻伸手要拿旁邊座位的可麗露，所以政近也連忙回收。和依禮奈合力移動紙盤之後，瑪利亞像是孩子般鼓起臉頰，改為拿起附近的巧克力盒。
「那個，依禮奈學姊。雖然妳辛苦排得這麼整齊，但還是暫時收走比較好……」
「說，說得也是。畢竟不知道瑪利亞學妹什麼時候會吃掉……」
「好好吃喔～～♡」
剛說完就聽到瑪利亞的幸福聲音，轉頭一看，瑪利亞從盒子拉出底板拿起上面的一顆巧克力享用，露出幸福至極的笑容，然後頭頂輕飄飄冒出新的泡泡。不過這始終只是個人的想像。
「啊，那個巧克力有洋酒……」
「太慢了吧！」
政近忍不住以粗魯語氣吐槽學姊。朝著正準備吃第二顆的瑪利亞伸手，就這樣勉強成功搶走巧克力盒……只可惜沒能阻止她吃下已經拿在手上的巧克力。享用第二顆巧克力的瑪利亞眼睛更加陶醉，開始哼著歌左右搖晃身體。
「……咦，這樣是不是不太妙？」
「不，怎麼看都很不妙吧？」
「我不是這個意思……這幅光景要是被別人看見，會不會招致不妙的誤解？」
聽到依禮奈這麼說，政近頓時停止動作，然後思考。這幅光景在不知道原委的局外人眼中是怎麼看的？

『榮耀的征嶺學園學生會幹部，居然在神聖的學生會室喝酒嗎？』

像是醜聞的這個新聞標題浮現在腦海，政近立刻衝到門口，迅速上鎖。

當然，大部分的人只要說明原委應該就會理解。不過在這個世界上，對於社會地位較高的人們，會有固定一部分的人們抱持惡意想要貶低。尤其如果是有許多人想要取代地位的學生會幹部，就算再怎麼小心提防也不為過。

（像是桐生院那樣企圖讓現任學生會垮台的傢伙，未必不會再度出現。）

如此心想的政近，也拉上所有窗簾以防萬一。總之像這樣暫且不必擔心被外面看見的時候轉身一看，瑪利亞正在看著依禮奈的臉，左右搖晃腦袋。

「咦～～？依禮奈學姊……妳變多了？」

「變多是怎樣？」

「唔咦～～？」

瑪利亞發出含糊的聲音，腦袋無力向前下垂並且繼續慢慢搖晃。一個不小心可能摔下椅子的這副模樣，使得政近小跑步前往她身邊。

「瑪夏小姐，還好嗎？要不要去沙發那裡？」

「唔唔～～？」

瑪利亞聽到政近的聲音抬起頭，就這麼順勢往旁邊一歪，仰望政近咧嘴一笑。
「要送我過去嗎～～？嗯！」
瑪利亞說完張開雙手，政近露出苦笑。
「不，終究沒辦法用抱的啦……」
「咦咦～～？抱抱……」
「等一下！」
突然被抱住肚子，政近反射性地後退。接著瑪利亞就這麼雙手抱著政近，像是被釣走般從椅子滑落。這麼一來，環抱政近腹部的雙手自然也慢慢下降。
「啊，慢著！」
腳差點站不穩，政近連忙伸手撐在旁邊的桌子，然後低頭看向依然抱著政近雙腳癱坐在地上的瑪利亞搭話。
「沒事嗎？膝蓋有撞到嗎？」
「唔～～」
「到底有沒有啊……那個，不要抓腳，可以抓我的手嗎？」
「好啦～～瑪利亞學妹，站起來吧。」
此時依禮奈接近過來，雙手插進瑪利亞的腋下用力抬起來……她自己是這麼想的。

大概吧。不過完全沒抬起來。

「……」

政近投以冷淡的眼神，依禮奈將蹲下的身體站直，以手背擦拭完全沒流的汗水。

「呼……總之，今天就到這個程度為止吧。」

「為什麼營造功成身退的感覺？」

「充分享受瑪利亞學妹的側乳了！」

「為什麼自然而然就在性騷擾啊！慢著……」

此時政近右手被用力拉扯，仔細一看，瑪利亞像是沿著政近手臂往上爬般慢慢站起來。站好之後，就這麼抱住政近的右手臂依偎。

「唔喔……瑪夏小姐，沒事嗎？」

「什麼事～～？」

「還問我什麼事……總之去沙發那邊吧？走得動嗎？」

「嗯嗯～～走得動！」

「這樣啊～～真了不起耶～～」

瑪利亞突然舉手敬禮，政近隨意敷衍之後，瑪利亞笑逐顏開，將頭靠在政近的肩膀磨蹭。

「唔嘿嘿～～小瑪了不起嗎？」

「了不起了不起。」

「那麼～～摸摸我的頭吧？」

「咦……」

「摸～～摸～～我～～的～～頭～～吧～～」

瑪利亞耍賴般搖晃身體，頭依然繼續磨蹭。

（這是怎樣太棒了吧？）

政近不由得正色抱持這種感想，然後在腦中對這樣的自己賞巴掌。

「那個，那麼……」

也因為這樣下去她大概永遠都不肯走，政近略顯顧慮地朝著瑪利亞的頭伸手，溫柔撫摸軟綿綿的頭髮好幾次。接著，瑪利亞的頭髮飄出一抹花香，臉上綻放笑容。

「嗯呼呼～～被稱讚了～～」

然後像是在催促多摸幾下，瑪利亞的身體更緊密地磨蹭政近。

（果然是最棒的吧。）

政近再度對自己賞巴掌。這次是左右來回。

「好了，腳步踩穩……」

然後在表面上維持正經表情，就這麼朝著沙發踏出腳步。

「久……久世學弟的手臂埋進瑪利亞學妹的胸部……」

「色情奈學姊，妳有稍微反省嗎？」

刻意指出別人努力不去注意的細節，政近向這樣的學姊投以冰冷視線，走到沙發旁邊之後，低頭看向抱著他右手依偎的瑪利亞。

「到了喔。來，坐得下去嗎？」

不然請妳就這麼躺下來睡吧。政近將這句真心話吞下肚，等待瑪利亞自己坐下。然後瑪利亞以朦朧的眼神注視政近，歪過腦袋開口。

「咦～～？阿薩——」

「等一下！」

瑪利亞隨口差點說出決定性的關鍵詞，政近連忙摀住她的嘴。

（不妙不妙不妙！這樣終究很不妙！）

不確定依禮奈是否知道瑪利亞男友的名字。然而萬一她知道的話，事情會變得非常不妙。

酒醉之後把政近誤認為男友？不知道這樣搪塞是否管用。假設騙得過依禮奈……要是艾莉莎或有希出現在這裡，八成會束手無策。即使依禮奈親口告知瑪利亞稱呼政近為阿薩的事實也一樣。政近沒自信連那兩人都騙得過。
（既然這樣，首先請依禮奈學姊離開吧！）
政近在短短一秒鐘做出這個決定，瞪著肩膀一顫看向這裡的依禮奈開口。
「依禮奈學姊，不好意思！瑪夏小姐好像要吐了，可以請妳拿水桶或是嘔吐袋之類的東西過來嗎？」
「咦，垃圾桶的話那裡就有……」
「要是沾到味道就不妙了吧？別問這麼多了快去！」
「是！」
懾於政近的氣勢，依禮奈連忙跑向門口，連開鎖的時候也一副焦急的樣子，跌跌撞撞跑出學生會室。
「……呼。」
危機暫時離去，政近喘了口氣。
「啊，不好意思。」
然後他察覺瑪利亞就這麼被摀著嘴以陶醉眼神詫異注視這裡，所以輕輕放開手。瑪利亞隨即歪過腦袋發問。
「阿薩也……變多了？」

「沒變多。」

「咦咦～～？哪一個是我的，哪一個是艾莉的呢～～？」

「就說沒分裂了。」

「嗯～～那我要這一個！」

不知道是否聽到政近的吐槽，瑪利亞重新緊抱政近的手臂。

「不，根本沒有哪一個的分別……」

「唔呼呼～～猜對了～～」

「猜對什麼？」

瑪利亞比平常更加無法溝通，政近嘆了口氣，要去把依禮奈離開之後的門鎖上……把門鎖上……

「那個，瑪夏小姐。可以請妳放開我嗎？」

向依然牢牢抱著政近手臂的瑪利亞如此拜託之後，瑪利亞鼓起臉頰搖頭。

「不要～～」

「不可以說不要……」

瑪利亞像是孩童般拒絕，政近露出為難表情低頭看她，然後逼不得已就這麼拖著她要走向門口……

「不要～～！」

「唔，喔喔？」

手臂突然被猛力一拉，政近冷不防中招而原地踏步。

「慢著，力氣好大！」

在這麼說的時候，政近像是被瑪利亞拉倒般倒在沙發上。幸好沒撞到任何部位，政近鬆了口氣，同時對於瑪利亞意外的怪力感到戰慄。

（咦，這股力氣是怎樣，難道是酒精解除了大腦的限制器？）

腦中忍不住浮現這種荒唐的想法，瑪利亞的臂力就是這麼驚人。當然也是因為政近貼心避免瑪利亞受傷，就算這樣也不是普通女生的力氣。至今也不覺得能掙脫她的手。

「那個～～……瑪夏小姐？可以請妳放開我……嗎？」

政近坐在旁邊，重新拜託低著頭的瑪利亞。然而瑪利亞就這麼低著頭，只回答一句「不要」。政近對此也感到困擾。

「就算妳說不要……為什麼不願意呢？」

政近不期待對話成立，但至少還是問問看。接著瑪利亞抬起頭，噙著淚水開口。

「因為……你要去艾莉那裡對吧？」

「什麼？」

「不要，不讓你去。」

瑪利亞說完再度低頭，將臉埋在政近肩頭。聽到這句話……政近明知這是喝醉的胡言亂語，卻也無法這麼下定論而僵住。

「……我不會去的。只是要鎖個門。」

政近好不容易只告知這個事實。瑪利亞隨即再度抬頭，從超近距離看著政近低語。

「欸，阿薩……」

「有。」

「你喜歡我嗎？」

「？」

突然被問這個天大的問題，政近嚇一大跳。他僵住臉頰露出尷尬的笑容，情急之下轉移話題。

「看來妳喝得很醉了。」

「喜歡嗎？」

然而因為瑪利亞再度這麼問，這個盤算從正面被粉碎。政近臉頰愈來愈僵，加深含糊的笑容……不過瑪利亞注視他的那雙眼眸，那雙淡褐色眼噙淚的模樣，使得他靜靜收起笑容，閉上眼睛仰頭。

「……喜歡喔。我喜歡妳這個人。」
政近如此回答，對於這個不乾不脆的回答咬牙切齒，然後像是擠出話語般告知。
「即使把妳視為異性……大概也喜歡。」
這是政近毫不虛假的真心。
自己肯定被瑪利亞吸引。對於這名完成奇蹟般重逢的初戀少女，在相隔數年的現在懷抱淡淡的戀心。政近是這麼認為的。然而……
「如果要承認這一點……我自己還沒做好充足的準備。」
現在的自己失去自豪，無法接納瑪利亞表現的好感。即使勉強接納，也肯定會覺得瑪利亞的好感是沉重的負擔，擅自把自己逼入絕境，然後愈來愈討厭自己。
（首先，我……必須喜歡上瑪夏小姐喜歡的我自己。）
這樣才能抬頭挺胸接納這份好意。為此必須要做什麼事……政近也早就知道了。明明知道，至今卻一直不去正視。
（不過……也停止這麼做吧。）
必須面對的時刻來臨了。
政近有種預感。在不久的將來，自己肯定逃不掉。所以……在這裡許下承諾吧。
「我一定……」

打開沉重的嘴，從胸口深處擠出聲音，就這樣朝著瑪利亞以及自己宣布。

「我一定……會面對。面對自己的過錯。面對我成為現在這個我的過錯。」

政近只說到這裡，然後和瑪利亞四目相對，像是懇求般說。

「所以……可以等我嗎？總有一天，我一定也會面對妳的心意。」

對於政近充滿誠意的這段話，瑪利亞晃動雙眼，靜靜低頭開口。

「唔，說得這麼艱深，我也聽不懂啦。」

「咦咦～～真的假的～～我剛才可是鼓起很～～大的勇氣耶～～？」

不只是掃興的程度。瑪利亞的反應過於出乎意料，使得政近癱軟躺在沙發上。醉鬼終究是醉鬼，認真對待根本是錯的嗎……政近如此心想看向遠方時，瑪利亞不滿般噘嘴頻頻拉他的手。

「說得再簡單一點吧？你喜歡我嗎？」

像是幼童般稍微口齒不清的這個問題，政近掛著苦笑回答。

「……啊啊，是的，我喜歡妳喔。」

「騙人。」

「原來如此，看來我的回應一點都不重要。」

瑪利亞不肯聽進去，政近終於懶得正經應付她了。

（啊～～真是的，怎樣都好，可以乖乖像個醉鬼趕快睡著嗎……）

這麼一來，危機就會完全離去。政近有點自暴自棄如此心想的時候，瑪利亞鬧脾氣的聲音傳入他的耳朵。

「其實……你比較喜歡以前的我吧？」

聽到出乎意料的這句話，政近僵住片刻之後正色看向瑪利亞，隨即和不滿般嘛嘴，以濕潤雙眼注視這裡的瑪利亞四目相對。

「其實你比較喜歡以前那樣金色頭髮，頭髮很長，藍色眼睛又苗條的我吧？」

「……妳在說什麼？」

「因為，你當時沒認出我。」

這句話深深刺入政近的心。面對語塞的政近，淚眼汪汪的瑪利亞繼續悲傷地說：

「因為我變了，所以你不肯喜歡我吧？」

沒這種事。情急之下浮現腦海的這句反駁……政近不知為何沒能說出口。

為什麼能斷言沒這種事？明明政近在知道瑪利亞是小瑪之後，依然對於和以往不同的外表感到困惑，遲遲無法認定是同一人。

（如果……瑪夏小姐維持當時的印象長大……）

輕柔的金色長髮，閃亮的藍色雙眼，彷彿幼童就這麼變成大人，天真爛漫的笑容。

如果瑪利亞以一眼就認得出來的外型再度出現在政近面前，政近……應該會再度一見鍾情吧。政近內心沒有否定這一點的根據。

「……」

「果然沒錯。」

大概是將政近的沉默解釋為肯定，瑪利亞靜靜離開政近，以雙手掩面。

「啊，不……」

「……嗚。」

「！」

掩面之後傳來的嗚咽聲，使得政近心臟被強烈的罪惡感貫穿。

即使是「鎖門」這個最優先事項也拋到腦後，政近在沙發上扭身，整個人重新面向瑪利亞。

「呃，那個……」

「嗚，我也不是自願改變的……頭髮的顏色，眼睛的顏色都變了，體型也……變得愈來愈胖……」

「喔，嗯？與其說是變胖……」

「可是，聽說男生會喜歡這種類型的女生，所以我……可是，阿薩果然喜歡以前的我……」

「啊，不……」

聽她吐露意外深刻的煩惱，政近連忙大喊。

「我覺得！現在的瑪夏小姐很迷人……那個，現在的瑪夏小姐，我也很喜歡！」

聽到政近正中直球的大喊，瑪利亞猛然抬頭，然後以稍微變紅的雙眼像是乞求般發問。

「真的嗎……？真的喜歡我？」

「呃，嗯嗯，算是吧……瑪夏小姐的頭髮與眼睛都非常美麗……我喜歡。」

「……比以前的我還喜歡？」

「唔……」

對於這個問題，政近終究無法立刻回答，視線在情急之下游移，瑪利亞迅速轉頭。

「果然是騙人的……」

「不對，不是這樣！不是比較喜歡哪一邊，那個，是兩邊都喜歡……」

即使自己也覺得優柔寡斷，政近還是冒出「但這是真心話……」的這句辯解。但是瑪利亞撇頭不予理會。

「騙人，我不相信。」

「這是真的……要怎麼做妳才肯相信？」

對於政近這個問題，瑪利亞以大概是酒精催化而發直的雙眼注視政近，抓住政近右手，然後將這隻手拿到自己臉蛋旁邊，歪頭讓政近的手撫摸她的頭髮。

「那麼，看著我的眼睛說吧？喜歡我的頭髮嗎？」

「喜……喜歡。」

手心觸摸的頭髮，以及隔著頭髮的臉頰觸感，使得政近內心稍微慌張，同時筆直注視瑪利亞的眼睛這麼說。瑪利亞隨即閉上眼睛，以臉頰磨蹭政近的手，讓他觸摸眼皮，然後就這麼將臉頰貼著政近的手，睜開眼睛發問。

「喜歡我的眼睛嗎？」

「喜——」

說到一半的這時候。

政近的聽覺捕捉到正在接近這裡的兩人份腳步聲與熟悉的說話聲。這是……和統也一起前去拜會校友的艾莉莎與有希的聲音。

頓時，強烈的危機感貫穿政近的脊髓。

（真的假的，那兩人已經來了嗎？不妙不妙不妙那兩人真的不妙！）

政近冒出冷汗凝視沒上鎖的門，一個不安般的聲音從正前方傳來。

「阿薩……？」

這個聲音引得視線移回前方，政近重新認知依然被瑪利亞抓住右手的這個狀況……在一瞬間認真檢討是否要實行祕技「大家最喜歡的手刀敲頸」。

（不對可是那招一個不小心好像會留下後遺症何況也不能對無辜的人這麼做吧！）

政近立刻退回這個方案，完全以臨場敷衍的心態快速大喊。

「啊，喜歡喜歡！所以……稍微抱歉一下！」

在這段時間，腳步聲與說話聲也接近過來，政近以左手半強迫地拉開瑪利亞的手，然後狂奔到門前，迅速又安靜地慎重鎖門。

這麼一來終於暫時放心……然而接下來才是問題。

（進不了學生會室的理由要怎麼解釋？）

如果只有艾莉莎，政近還有自信能以口才矇騙。問題在於有希。

拙劣的藉口對那個妹妹應該不管用，而且有希喜歡惡作劇，要是察覺到什麼有趣麻煩事的氣息，不惜一切也想嘗試入侵的可能性很高。

（有什麼理由嗎？不得不這麼做的合理理由！學生會室地板正在打蠟？像這樣貼一張公告假裝裡面沒人……不對已經太遲了！我在裡面，而且不能讓其他人進來，有沒有這種理由——）

絞盡腦汁吧，說服力！

就這樣，政近好不容易重整態勢迅速離開門前的下一刻，門被敲響之後發出喀咚的聲音晃動。

『哎呀？為什麼上鎖了……？』

門外傳來有希疑問的聲音，政近裝作若無其事向她喊話。

「啊，有希嗎？抱歉！現在不太方便……」

『政近同學？發生了什麼事嗎？』

「啊啊～～該怎麼說，感覺不知道要怎麼說明……」

『政近同學，總之可以先開門嗎？』

「不，這我做不到……」

『為什麼？』

「啊～～嗯……」

對於兩人的問題，政近刻意含糊賣關子。人們只要覺得「問到隱瞞的事情了」，無論是否屬實都會在某種程度感到滿足。

就這樣，拖延到艾莉莎即將覺得不耐煩的時候，政近以難以啟齒的語氣告知。

「其實……剛才依禮奈學姊拿了榴槤口味的蛋糕過來，現在學生會室是臭到不行的狀態。」

大概是終究來不及理解，間隔數秒之後，傳來艾莉莎充滿困惑與懷疑的聲音。

『咦，為什麼依禮奈學姊會來？話說……榴槤？』

「沒有啦，好像是要舉辦運動會的慰勞會……但是把她拿來的蛋糕打開的瞬間，感覺真的是惡臭炸彈，真是不得了……為什麼選這種口味就問她本人吧。不過她本人說要去拿除臭劑過來，一下子就跑掉了。」

政近在內心向依禮奈合掌，流利地編出這個謊言。稍微不按牌理出牌的這種說明，人們反倒比較容易相信。而且依禮奈給人的印象也很像是會這樣不按牌理出牌。

政近向腦中大聲抗議「把我當成怪咖嗎！」的依禮奈誠心道歉，同時以帶點鼻音的聲音以及打從內心感到不耐煩的語氣，夾帶著嘆息說下去。

「所以現在正在大好評重新封印蛋糕＆通風＆除臭中。我不會把話說得太難聽，總之今天妳們最好直接回家。因為看這個狀況，衣服與身體應該也會沾到味道。」

『是，是嗎……既然這樣，那就沒辦法了……政近同學你沒事嗎？』

「啊啊，我已經習慣了……雖說還是很臭，不過感覺逐漸好多了，所以沒事。」

總之成功說服艾莉莎，政近稍微握拳叫好。此時也傳來有希關心的聲音。

『總之，請不要勉強喔……』

聽到這句話，政近冒出「喔，意外地順利行得通嗎？」的想法，然而……

『話說政近同學，關於過去捐贈的物品，我有點在意一些事……來光會捐贈物品的相關資料，可以幫我拿過來嗎？』

聽到有希接下來這段話，政近明白自己的判斷過於天真。

「……不，資料八成也沾上臭味，何況打開這扇門就沒意義了。」

『只是打開一下子喔。而且說不定「意外地」不會臭，對吧？』

有希暗藏玄機的話語令政近確信了。

（可惡，這傢伙……！看來是察覺到什麼有趣的氣息了！）

傳來的聲音一如往常像是淑女般高雅，但是政近可以清晰想像妹妹在門外一邊露出雕塑般的笑容，一邊隱藏惡魔般笑容的模樣。也順便想像得到在一旁不知所措的艾莉莎模樣。

該怎麼做呢……想到這裡，門外傳來新的聲音。

『咦？艾莉莎學妹跟有希學妹……妳們辦完事情了？』

『辛苦了，依禮奈學姊……感覺您的打扮好驚人耶。不提這個，這是怎麼——』

「啊，依禮奈學姊妳回來了！榴槤蛋糕已經再度封印，不過有找到除臭劑嗎？但我很懷疑有沒有除臭劑對榴槤有效！」

有希立刻就想揭發政近的謊言時，政近打斷她的話語大聲這麼說，然後懷著「拜託要傳達給學姊」的願望注視門。

經過真的是充滿緊張的三秒鐘之後……傳來依禮奈的聲音。

『啊啊～～……不，我本來想找運動社團的朋友借，但他已經回去了……而且也不能拿廁所的除臭劑過來，所以總之只拿了封印蛋糕用的塑膠袋與水桶過來。』

（YES！）

或許該說不愧是前副會長，依禮奈漂亮地隨機應變，使得政近默默握拳叫好。不只如此，艾莉莎在這時候提供援護射擊。

『那麼……我們就回去了哦？有希同學，資料也可以明天再查吧？』

這對有希來說好像也出乎預料，她停頓片刻之後，不自覺以遺憾般的語氣開口。

『……說得也是。那麼，我們就先告辭吧。政近同學，明天見。』

「喔～～明天見。」

『那麼再見喔。』

「好，艾莉妳也辛苦了。」

雖然應該不是特地這麼做，不過搭檔出手相助，政近在內心致上謝意。

【真拿你沒辦法。】

然後，隔著門板輕聲傳來這句俄語，政近的表情因而凍結。

（咦，這，這是什麼意思……？艾莉，妳該不會……）

無視於被類似戰慄的某種感覺襲擊的政近，兩人分的腳步聲逐漸遠離。然後，門外傳來隱約懷恨在心的依禮奈聲音。

『欸……總覺得我是不是被當成拿榴槤蛋糕來學生會室惹出大麻煩的學姊？』

「這部分真的很對不起。」

關於這方面毫無辯解的餘地，政近率直謝罪。對此，依禮奈嘆氣之後開口。

『哎，我是沒差啦……所以，瑪利亞學妹的狀況怎麼樣？總之我拿了水桶與塑膠袋過來。』

聽到依禮奈這麼問，撐過有希與艾莉莎來襲而鬆一口氣的政近也忽然察覺。

（咦……聽她這麼說就發現從剛才就很安靜，瑪夏小姐難道睡著了……？）

政近打著這種如意算盤，總之向依禮奈道謝，同時瞥向瑪利亞的方向……然後目瞪口呆。

（什……？）

恐怕是剛才想從沙發起身卻沒站穩吧。瑪利亞以鴨子坐姿坐在沙發前方的地面。

「阿薩……嗚，你果然覺得艾莉比較好……」

大概是政近扔下瑪利亞隔著門和艾莉莎對話的行為造成奇怪的誤解，瑪利亞低著頭以手背擦拭眼角。但是令人更在意的是奶子！藏不住……應該說沒在藏的奶子！

（為什麼脫了？）

制服外套被脫下來扔在沙發上。落在沙發前方的是室內鞋、襪子與吊帶裙。現在瑪利亞身上只穿著襯衫與內衣褲……而且襯衫前面的釦子也全部解開。換句話說幾乎只以手臂遮掩。

『久世學弟？瑪利亞學妹她……』

「……現在是不太方便給別人看的模樣。」

『咦？意思是……難道說，沒能趕上……』

「不好意思，我現在也有點混亂，今天可以請依禮奈學姊也先回去嗎？」

『這……這樣啊。說得也是。瑪利亞學妹也不太想被人看見吧……那……之後就交給你哦？總覺得很抱歉耶？啊，水桶還有套成雙層的塑膠袋，我暫且放在這裡喔。』

以這段話為最後，依禮奈的腳步聲逐漸遠離。總覺得好像招致不必要的誤解，但是現在的政近沒有餘力在意。

「（等一下，瑪夏小姐妳為什麼脫了啊？）」

政近盡量不直視瑪利亞，一邊看著沙發周邊，一邊輕聲說著走向瑪利亞。接著他從視野一角察覺瑪利亞抬起頭，而且表情頓時變得開朗。

「啊啊～～阿薩你來啦～～」

瑪利亞頓時發出開心的聲音，政近對此稍微苦笑，像是對待孩童般彎腰搭話。

「是的是的，我來嘍……總之先穿上衣服吧？」

「嗯呵～～？嗯～～呵～～♪」

「不對，不是『嗯呵～～？』……話說這樣搖晃身體很危險喔。」

瑪利亞一邊發出奇怪的笑聲一邊左右搖晃身體，政近依然看著斜前方像是安撫般搭話。此時右手忽然被拉，政近「嗯？」地將視線移向該處。

「等一下。」

政近右手手腕被瑪利亞的右手抓住，手背被瑪利亞的左手抓住，然後被拉向——

看見右手前方絕對不能直視的東西，政近用力縮回右手，然後正色詢問瑪利亞。

「到底要做什麼？」

「咦咦～～？繼續？」

「『繼續』是指……」

聽到這句話，政近回想起來了。剛才一邊撫摸瑪利亞的頭髮與眼皮一邊說喜歡。回想起來之後，腦袋頓時充血。

「不不不妳是要我摸哪裡啊那邊不可以吧！」

政近全力甩掉瑪利亞的手，力道過重一屁股跌坐在地，轉過頭去半哀號地大喊。

然後，瑪利亞水汪汪的雙眼頓時噙淚，低頭看向下方。

「阿薩果然比較喜歡以前瘦瘦的我……畢竟你完全不肯看我……」

「不，所以說不是這樣。」

無法避免刺激罪惡感的這個聲音，使得政近略顯困惑看向瑪利亞……近距離看見這具胴體，不由得嚥下一口口水。

無瑕少女般的純真以及慈母般的溫柔並存，瑪利亞的美貌能讓所有看見的人覺得內心祥和。相反的，脖子以下的部位充滿魔性，能讓所有看見的人為之瘋狂。

以黑色胸罩包覆，過於凶惡的雙丘……不對，雙球。描繪優美曲線的腰部即使緊實也好像很柔軟，毫無暗沉的大腿兼具彈滑的透露出肉感與水嫩的張力……政近仰望天花板了。

（唔～～最近每期都會出現好幾部霸權級的作品，不過以現在的感覺，這一期的霸權級應該有三部吧～～）

全力逃避現實的政近，耳朵傳來瑪利亞可憐兮兮的聲音。

「嗚，嗚嗚嗚～～移開視線了～～」

「不對並不是慘不忍睹反倒應該說是我會忍不住……」

政近頭部稍微下移，看著瑪利亞的頭頂附近這麼說，瑪利亞隨即靜靜蹲下來離開視野範圍。視線跟著慎重下移一看……嗯，好大好豐滿的臀部。

（唔咕！）

政近連忙迅速下移視線，和正在從極近距離注視這裡的瑪利亞四目相對。

「喔啊？」

瑪利亞居然跪在跌坐地面的政近雙腿中間，以手腳撐地的狀態仰望政近。

這個姿勢彷彿是在後夜祭和艾莉莎上演的那一幕，政近連忙想要後退……然後失去平衡，手肘重重撞到地面。

「咿！」

雙手手肘到前臂隨著一陣刺痛而發麻，政近沒能以手臂撐住身體，向後倒下。

「好……痛～～！」

然後他伸直雙手忍受痛楚與麻痺時……照明的燈光被瑪利亞的頭擋住了。

瑪利亞將手撐在政近肩膀旁邊，以覆蓋在上方的姿勢俯視政近。後方打光而閃閃發亮的髮梢，在似乎能夠輕撫政近臉頰的距離搖晃。

「欸，阿薩……」

「ＯＫ瑪夏小姐，冷靜下來吧。妳現在失去理智了。」

瑪利亞以濕潤的雙眼注視，政近只看著她的臉蛋拚命說服，同時讓大腦猛烈運轉，思考該如何突破這個困境。

（不，沒問題。只要手臂不再發麻，這種程度的寢技可以正常反擊。幸好她穿著襯衫，首先抽出右腳抓住她的背——）

政近將大腦切換為戰鬥模式，拚命從瑪利亞的豔姿移開注意力。此時，瑪利亞從上方發問了。

「現在的我……你討厭嗎？」

「完全沒這種事反倒是喜歡要說很喜歡也不為過。」

「那麼……摸一下吧？」

「不准亂說話。」

政近正色回應之後，瑪利亞水汪汪的眼睛……靜靜發直。

「暫停，我知道了。我摸吧。」

這雙眼神激發強烈的危機感，政近連忙這麼說。接著瑪利亞眨了眨眼，露出軟綿綿的笑容。瞬間……

（就是現在！）

政近迅速收起右腳，從瑪利亞的身體下方鑽出來，然後伸出還有點麻的雙手，右手抓住瑪利亞的背，左手抱著瑪利亞的右腳向旁邊翻身——的這時候。

（嗯？）

右手……傳來瑪利亞襯衫底下不明的堅硬觸感，政近忽然感到疑問。

（這是什麼？好像是某種金屬釦具……）

在剎那之間思考到這裡。

「呃！喔啊？」

政近直覺猜到這個觸感的真面目，迅速放開手。瑪利亞俯視就這麼僵住的政近，再度眨了眨眼，像是詫異般歪過腦袋……

「啊啊！」

像是理解某件事般點點頭，然後挺直上半身，居然跨坐在政近的肚子上。

「不對等等——？」

下腹部感覺到瑪利亞的臀部觸感，政近啞口無言。然後他反射性地看向該處，瑪利亞的內褲從近處映入眼簾，他察覺重點部位以外的布料隱約透明而僵住。

雪白肉感的大腿。亮麗襯托雪白肌膚，成熟性感的黑色內褲。若隱若現的迷人鼠蹊部。

政近甚至忘記羞恥心與罪惡感，忍不住凝視該處，但是在幾秒後努力擠出最後的理性，用力閉上眼睛。

（混蛋不准看不准摸不准注意！對方是小瑪啊！而且是失去理智的狀態！要是在這時候發生什麼事，你應該知道之後會後悔到死吧！）

就這麼緊閉雙眼咬緊牙關，動員所有理性的政近耳朵……聽到「啪」的小小聲音。

「？」

這個不明的聲音，引得政近稍微睜開眼睛仰望該處。隨即映入政近狹窄視野的……是將雙手繞到背後的瑪利亞。此時兩人四目相對，瑪利亞露出害羞的笑容，將雙手移回前方。然後……

「真是的……如果希望我解開，說一聲不就好了。」

瑪利亞一邊這麼說，一邊取下肩帶。

瑪利亞的襯衫輕盈滑落的同時，覆蓋豐滿胸部的最後障壁被重力吸引落下……身上終於只剩一條內褲的瑪利亞，像是害羞又像是勾引般一笑。

「可以哦？因為這全都是阿薩的……都是為了讓阿薩喜歡我而準備的。所以……可以哦？」

不知何時甚至忘記自己微微睜開眼睛的政近，聽到瑪利亞這麼說之後……發自內心這麼想。

（後悔……或許也無妨。）

之後會後悔到死？這又如何？既然是男人！不就應該將一切賭在現在這一剎那嗎？

（如果現在能在這裡摸到此等至寶，就算死了也無怨無悔！）

政近赫然睜大雙眼，在腦中做出就某方面來說充滿男子氣概的宣言——然後猛然以後腦杓撞向地面。腦中響起「咚」的沉重聲音，痛到自動閉上眼睛。

政近趁機就這麼緊閉雙眼，在痛到發抖的同時在腦中復誦。

（在這裡的是小瑪在這裡的是小瑪在這裡的是——）

接著，許多美好的回憶在腦海重現。以內心的眼睛欣賞這一切的時候，心情自然變得祥和，以風平浪靜的心境睜開眼睛——

「嗚嗚……」

喉嚨深處發出模糊呻吟的瑪利亞，突然倒在政近身上。

「不，等等……」

政近嚇了一跳，連忙舉起雙手要支撐她的肩膀……但是來不及，政近的雙手埋進肩膀下方聳立的山脈。

「唔喔喔喔摸到了～～？」

雙手傳來的柔軟觸感，乳房從指縫溢出的光景，使得政近雙眼睜大到極限。在他的頭部上方……

「嗚噗……」

傳來這個不祥的聲音。

竄過背脊的不妙預感令視線上移一看，是難受般皺眉閉上眼睛的瑪利亞臉蛋。

「總覺得，好不舒服……」

弄假成真就是這個狀況吧。然而現在沒空說這種話。因為這樣下去很快就會進入嘔吐階段。

「不對真的拜託饒了我吧沒人希望瑪夏小姐變成嘔吐女主角而且我還沒有開悟到能把嘔吐到臉上的東西當成獎賞話說真的柔軟得亂七八糟耶喂！」

政近大幅陷入恐慌。事到如今即使稍微強硬一點也必須脫逃，但是搖晃這個狀態的瑪利亞也不太好……像這樣拚命思考到最後，政近慎重將瑪利亞的身體放到自己身上，像是緊抱般溫柔撫摸她的背。

就這樣多虧政近拚命照護（？），瑪利亞順利避免成為嘔吐女主角，開始在政近身上靜靜發出熟睡的呼吸聲……不過這麼一來唯一留下的光景，就是被半裸瑪利亞壓著動彈不得的政近。

「……總覺得暑假集訓的時候也發生過這種事。」

政近稍微逃避現實般輕聲這麼說，仰望天花板。但是考慮到可能還有別人會來，就不能維持這樣下去。

（話說必須快一點，不然綾乃要來了吧！）

想到這裡的下一瞬間，房間響起敲門聲。由於完全沒有接近房間的腳步聲，所以政近心臟差點停止跳動。

『打擾了——……？』

「綾，綾乃！抱歉，現在不太——」

……在這之後，政近好不容易趕走綾乃，懷著以各種意義來說差點死掉的心情進行善後工作，應該說回復原狀完畢之後，瑪利亞終於清醒了。而且醒來的瑪利亞，吃下第二顆巧克力之後的記憶消失得一乾二淨……唯一記得所有事情的政近，後來好一段時間動不動就因為後悔與自我厭惡而消沉。

第6話 遊戲

瑪利亞酩酊騷動的隔天，學生會幹部在學生會室齊聚一堂。長桌的左側，從入口處依序是綾乃、有希、茅咲、統也。右側是政近、艾莉莎、瑪利亞，以及違法少……依禮奈。

「不給糖就搗蛋！」

「所以說已經十一月了……」

活用昨天的反省，在徹底排除酒精成分之後，依禮奈主辦的運動會慰勞會（修正版）開始了。但是和這個名目相反，依禮奈不知為何依然維持萬聖節的興致，引得政近姑且開口吐槽。然後，和昨天一樣繼續依然穿著違法少女……更正，魔法少女服裝的依禮奈，輕輕揮動魔法手杖開口。

「久世學弟明明也有扮裝，事到如今說這什麼話？」

「不是我自己要穿的，是被迫穿上的！突然被手工藝社抓走！」

如此大喊的政近服裝是神父服，還附上以眼珠為主題的詭異標誌。手上拿著與其說是聖書應該說禁書，像是邪教聖典的書。放學後，政近正要進入學生會室的時候突然被手工藝社的社員們架走，強迫打扮成這副模樣。

「話說，這絕對是依禮奈學姊指使的吧？」

「只有我留下丟臉的回憶，我覺得不公平！」

「可以不要殃及周圍的人們一起爆死嗎？」

學姊擅自穿上有點不堪入目的扮裝又擅自想要殃及別人，政近不禁出聲抗議。但是……

「喔～～……久世學弟，你有立場說這種話嗎？」

「這是在說什麼？我從剛才就興致高昂吧？萬聖節最棒了！」

被依禮奈賞白眼，昨天為學姊貼上「把超臭榴槤蛋糕拿到學生會室的人」這張標籤的這個學弟，態度一百八十度華麗大轉變。

「久世學弟、依禮奈學姊，發生了什麼事嗎？」

「不，沒發生任何事，瑪夏小姐。」

身穿惡魔服裝的瑪利亞稍微歪過腦袋，政近就這麼看著前方迅速回答。視線始終朝著前方！堅定向前看！

因為昨天發生那些事，加上瑪利亞身上是強調她凶惡身材般貼合身體曲線的服裝，所以政近不太敢看她。

「政近同學……？」

政近像是被固定般只看著前方，艾莉莎投以疑惑的眼神。說到艾莉莎的服裝，大概是配合選戰搭檔採用相同主題，所以是修女服。

若問這樣的服裝能否安心，其實也沒這回事。不知道是加上邪教修女的概念，還是單純出自製作者的嗜好，不只是露肩又露胸，大腿線條甚至露到幾乎看見內褲，令人不禁想說「妳這樣應該沒辦法擔任聖職者吧」，眼睛同樣不知道往哪裡擺。

因為這樣，所以政近避免看向右側對眼睛有害的美少女姊妹，視線固定在對面的位子並且轉移話題。

「話說，明明不是有普通的魔女服裝嗎？」

他的視線前方是扮裝成小魔女的有希。身上穿的是黑色連身裙、黑色長袍加上三角帽子，完全散發魔女氣息的服裝。看過這套衣服再看向依禮奈，無論如何都會心想「為什麼變成這樣？」歪過腦袋。

順帶一提，有希身旁的綾乃大概是扮演魔女的使魔，所以是黑貓（？）的扮裝。之所以加上問號，是因為稱得上扮裝的只有貓耳與尾巴，服裝本身一樣是黑色連身裙。給人的感覺與其說是單純的黑貓，或許是以魔法化為人類的黑貓吧。

「……那個尺寸的魔女服裝很正常……但尺寸變大後，突然就會變成那樣喔。」

依禮奈看向遠方這麼說，政近歪過腦袋發問。

「『那樣』是怎樣？除了那套違法少女，姑且還有別的款式嗎？」

「不准說什麼違法少女！我也有抗議過喔！結果，那個……他們拿出的是裙子開衩到大腿上緣的服裝，所以也沒辦法吧！」

「那套真的是魔女的服裝沒錯嗎？」

或許同樣簡稱為「魔女」，其實是「魔性之女」吧。政近像這樣思考的時候，坐在依禮奈旁邊的瑪利亞頻頻點頭。

「啊啊，那套啊～我也有穿過，裸露程度確實很高耶～」

「妳穿過嗎？」

「嗯，但是手工藝社的人們說『這套不行，會出人命』，就換成現在這套了～」

「……」

到底是多麼傷風敗俗的服裝？雖然很感興趣，但是瑪利亞如果穿這種服裝過來，政近很可能會因為昨天的事件在腦中重播而成為第一號死者，所以換掉服裝或許是好事。

不，但是現在這套服裝也很火辣！

（話說，依禮奈學姊現在這套服裝也是大露酥胸……這樣可以嗎？）

政近一邊避免直視，一邊抱持這個單純的疑問。

雖然消遣說是違法少女，不過客觀來看，依禮奈的服裝也相當火辣。應該說冷靜比較就發現胸部的裸露程度是依禮奈拿第一。真的是盛大外露到「只要跳一下，胸部就會從衣服彈出來吧？」的程度。不過即使加入這一點，整體來看依然是不堪入目的程度明顯高於性感程度（※以上是個人感想）。

「話說回來，會長與副會長是……」

政近看向從剛才就在相互拍照的統也與茅咲，表情變得有點微妙。

只有這兩人的服裝，和別人相比明顯……

「雖然說出來不太好……但是不會太樸素嗎？」

政近刻意形容為「樸素」，不過說得直接一點就是明顯沒用心。統也只有戴上左右分別是巨大螺絲頭部與尾部的頭飾，再將制服外套換成粗獷的大衣。至於茅咲則是只在制服外面套上一件染血的白袍。

「是《科學怪人》的法蘭克斯坦……對吧？應該是。」

艾莉莎看向彷彿貫穿統也腦袋的巨大螺絲這麼說。聽到她這麼說，瑪利亞與有希也開口了。

「既然會長和茅咲配成一對……」

「應該是『怪物』以及『製造怪物的博士』這種組合吧。」

「那麼這邊才是法蘭克斯坦吧?真容易混淆。」

政近看向茅咲這麼說，身旁的艾莉莎隨即歪過腦袋。

「嗯?什麼意思?」

「沒有啦，大家經常會搞錯，腦袋插著螺絲的是沒有名字的怪物，製造這個怪物的博士才是法蘭克斯坦博士。」

「咦，是這樣嗎?」

向艾莉莎這麼解說的時候，依禮奈回答政近的疑問。

「統也與茅咲兩人，光憑手工藝社的社員好像抓不走他們。」

「純粹是臂力的問題嗎?」

「尤其是茅咲，平常就會經常壓制失控的手工藝社社員……」

「啊~~對喔。」

所以他們只靜靜讓茅咲穿上白袍就匆匆撤退了吧。意氣風發抓走政近他們的襲擊者們，面對統也與茅咲卻只像是竊賊般偷偷摸摸，想到這裡就覺得就某方面來說是相當有趣的光景。

「不過，因為冷不防要拿衣服給他們穿，這次好像也有兩人左右被壓制了。」

「殺意也太高了吧，更科學姊？」
聽到政近正色吐槽，正在幫統也拍照的茅咲揚起單邊眉毛。
「嗯？沒有啦，因為……他們突然從背後接近，所以嘍？」
「就算您徵求同意，正常人被別人從背後接近也無法反應喔。」
「不是在反應之前就反射性地動手嗎？」
「今後我會小心避免站在更科學姊背後。」
對於這位搞不好比殺手還要危險的學姊，政近稍微發抖如此宣布。接著，統也露出緬懷往事般的表情頻頻點頭。
「我在剛開始交往而興高采烈的那時候，也曾經一時興起想玩『猜猜我是誰？』，回過神來的時候下巴就被重擊了。」
「居然沒在那個時間點就分手耶。」
「統也他當時因而昏倒，改天才重新進行第一次約會。」
「而且是第一次約會？」
「結果我在那之後都是正常叫她……不過總有一天，我一定會重新挑戰。」
「統也……」
「祝兩位幸福！」

統也對於「猜猜我是誰？」展現奇妙的堅持，茅咲朝這樣的統也投以熱情視線，政近則是自暴自棄般這麼說。此時，依禮奈拿著裝有飲料的紙杯大聲開口。

「那麼，差不多開始吧！」

回應這聲吆喝，其他人也紛紛拿起紙杯，依禮奈確認之後高舉紙杯。

「慶祝運動會順利結束，乾杯～～！」

「「「「「乾杯～～！」」」」」

就在紙杯相互輕碰，各自要朝著手邊點心伸出手的時候——

「等一下！」

依禮奈出聲制止，所有人停止動作。然後在眾人一齊投以疑惑表情的狀況下，依禮奈露出無懼一切的笑容搖了搖頭。

「真是的，以為可以就這麼順利吃到點心嗎？天真，想得太天真了學弟妹們！」

看著裝模作樣瞪大雙眼的依禮奈……政近合起雙手。

「我要開動了～～」

「等一下！那邊的不准不理我！」

「咦？意思不是要記得先說『我要開動了』嗎？」

「不是這種兒童節目的意思啦！」

依禮奈以發自內心的表情吐槽，清了清喉嚨。然後她再度露出無懼一切的笑容站起來，環視學生會所有成員之後迅速伸手向前。

「接下來要請你們賭上這些點心玩遊戲！此外！你們沒有拒絕的權利！」

「這是兒童節目嗎？」

「歌的大姊姊……不對，這應該是痛的大姊姊？」

魔法少女（痛）以死亡遊戲的調調說出會心一笑的話語，政近的正色吐槽以及有希的無情感想戳得她好痛。

「等一下，有希學妹？妳剛才是不是脫口說了很過分的事？」

有希過於不留情的呢喃，引得依禮奈發出半哀號的聲音。但是……

「咦，請問是什麼事？」

有希露出夾帶困惑的雕塑般笑容。那過於自然，自然到令人頓時不小心以為「咦？是我聽錯嗎？」的反應，使得依禮奈怯懦般眨了眨眼。

「奇怪，妳剛才不是說我痛……」

「咦，會痛嗎？」

「啊啊，不，沒事……」

被漂亮敷衍帶過，依禮奈即使無法理解般歪過腦袋依然作罷了。然後她重新振作，再度迅速伸手向前。

「再說一次，接下來要請你們賭上這些點心玩遊戲！沒錯，玩我所準備的極致鬥智遊戲……」

依禮奈發出咯咯咯的詭異笑聲，政近冷靜向她開口。

「麻將的話我不玩喔。」

「統也～～？你對學弟妹說了什麼嗎～～？」

「加入學生會沒多久，就被學長姊們用老千麻將修理得落花流水這種事，我什麼都沒說。」

「那就是全部吧！你全說出來了吧！」

「不，因為那是學生會的傳統……」

「這種事當然是騙你的啊？」

「真的嗎……咦，那我為什麼被修理得落花流水？」

「那麼，接下來要請各位玩的遊戲是……」

「副會長？」

依禮奈華麗忽略統也的問題，賣了一個大關子之後宣布。

「不給糖就搗蛋的遊戲。」

聽到這個遊戲名稱，政近等人面面相覷之後一齊歪過腦袋。

「不給糖就搗蛋的遊戲？這我可沒聽過……」

「因為是我發明的。」

「真的假的？」

這以遊戲來說真的可以成立嗎？

依禮奈無視於擔心的政近等人，從包包取出四張卡牌。背面印著南瓜怪的插圖，看起來是手工製作卻有精心護貝，是相當正統的遊戲卡牌。

依禮奈將卡牌翻到正面，其中三張卡牌印著Treat的文字以及點心的插圖，另一張印著Trick的文字以及惡魔的插圖。然後依禮奈又拿出一組同樣的卡牌，雙手各拿著四張卡牌開始說明。

「請你們使用這四張卡牌一對一比賽。首先猜拳決定先攻與後攻，先攻的玩家從這四張卡牌選一張覆蓋在場上。」

依禮奈一邊說，一邊從手上的四張卡牌拿出一張，以背面朝上的狀態放在桌上。

「對此，後攻的守方玩家能做的行動是二選一，也就是要不要出點心。」

「點心……難道是這些嗎？」

政近指向手邊紙盤所擺放，獨立包裝的瑪芬、費南雪與瑪德蓮這麼問，依禮奈點了點頭。

「沒錯，從這三個點心選一個放在場上，或是選擇不出點心無視。這一回合就設定為不出點心……等到做完選擇，就在這時候翻牌。」

依禮奈將覆蓋的卡牌翻過來，正面印著Treat的文字。

「如果是Treat的討糖卡，場中有放點心的話就可以獲得。如果像這次一樣沒出點心就是攻擊失敗。用過的卡牌放到旁邊，改由對方攻擊。」

依禮奈將印著Treat的卡牌滑到側邊，改為拿出印著Trick的卡牌。

「反過來說，如果是Trick的搗蛋卡，場中如果有出點心就是攻擊失敗。不過場中如果沒出點心就是攻擊成功。搗蛋成功的玩家就在這場遊戲獲勝，可以向敗北的對方玩家搗蛋，也就是惡作劇。」

「這種事在校內進行也沒問題嗎？」

「惡作劇」這個詞洋溢著有點危險的氣息，政近忍不住這麼問。依禮奈隨即看向茅咲開口。

「總之有必要的話，風紀委員長會出面阻止……」

「原來如此，那我就放心了。」

承受依禮奈的視線，茅咲像是在說「交給我吧！」緊握拳頭，政近見狀露出嚴肅表情點頭。

「總結一下，攻方將討糖卡或是搗蛋卡覆蓋在場上，守方如果覺得這張卡是搗蛋卡就出點心，覺得是討糖卡就不出點心無視。每一回合都會攻守互換，直到彼此手上卡牌用完算是一局。沒分出勝負的話就各自拿回所有卡牌，交換攻守順序之後進行下一局，不限局數就這麼玩到分出勝負。」

聽完依禮奈的說明，所有人思考片刻之後，有希喊「有」舉起手。

「分出勝負的方法，就只有搗蛋卡發動成功嗎？」

「沒錯。就算手邊的點心用光，在搗蛋成功的時間點就是這名玩家獲勝。」

「我還有一個問題……在遊戲獲勝之後，點心要怎麼算？」

「搗蛋成功的時候點心不會移動，所以在這個時間點持有的點心都歸自己所有。不會因為遊戲獲勝就可以接收對方的所有點心。」

「……我知道了。」

有希頻頻點頭退下之後，輪到政近詢問依禮奈。

「每個玩家只有一張搗蛋卡，所以在雙方玩家都用掉搗蛋卡的時間點，剩下的回合就無關勝負了吧？」

「是的。在這個場合，會省略剩餘的回合進入下一局。」

「順便問一下，先攻玩家搗蛋成功之後，會輪到後攻的回合嗎？」
「不會喔，所以不會平手。」
「這樣啊，我知道了。」
「咦，咦，等一下～～為什麼你們兩位理解得這麼快啊～～？」
瑪利亞似乎來不及理解，發出引人同情的聲音環視周圍。看到不只政近與有希，其他人也有「嗯～～原來如此」之類的反應，瑪利亞發出「咦～～？」的可憐聲音。
不過綾乃面無表情，茅咲則是在說明的時候一直點頭。
即使如此，瑪利亞似乎還是以為只有自己被拋下，慌張地屈指不知道在數什麼。
「慢著慢著，那個，我想想，手上的卡牌有四張，搗蛋卡一張，討糖卡三張。如果唯一的這張搗蛋卡發動成功就算獲勝對吧？然後，要用點心來防守這張搗蛋卡……但如果是討糖卡，點心就會被拿走，所以必須只在覺得對手打出搗蛋卡的時候出點心，反過來說，攻擊方必須在覺得對手不出點心的時間點打出搗蛋卡……雙方交互出牌，全部用完之後收回卡牌重新來過……」
「？」
像是逐一確認事實，一根根彎曲手指，在雙手手指全部用完的時候……
瑪利亞歪過腦袋。

同時，至今一臉煞有其事頻頻點頭的茅咲也稍微歪過腦袋。

（還是不懂嗎？而且原來一直都沒聽懂嗎？）

政近忍不住在心中吐槽，依禮奈也稍微來個綜藝摔，半笑不笑地開口。

「好……好了好了，我會先示範給你們看的。方式是一對一的淘汰賽，要一直比到決定冠軍喔！冠軍將會……」

此時，依禮奈抓住長椅中央所放置南瓜怪的瓜蒂部位，用力往上拉。

蒂頭周圍隨即被打開，裡面是黃色的布丁。

「獲得這個獎品！重達兩公斤的特大南瓜布丁！」

「咦，我不要。」

「不准說不要！」

政近不由得說出實話惹得依禮奈生氣，然而不需要的東西就是不需要。何況這種分量，就算分給在場的八個人也不一定吃得完。

（不，我撤回前言。感覺有人吃得完。）

那就是身旁的艾莉莎，以及艾莉莎旁邊的瑪利亞。順帶一提，正對面的綾乃眼睛也閃閃發亮，政近見狀心想「真的假的……」瞇細眼睛。

（話說，昨天傳簡訊指示「也要把南瓜怪放進冰箱」原來是這個意思嗎……）

當時覺得莫名沉重，也有察覺蒂頭的部分是蓋子，卻沒想到裡面居然裝滿布丁。原本以為裡面頂多是各種點心的組合。不對，可是就算傾斜也沒發出聲音，所以一直覺得怪怪的。

「那麼，就用鬼腳籤決定比賽組合吧！」

「真的準備得很周到耶。」

仔細一看，白板預先畫了鬼腳籤，政近露出苦笑。就這樣，眾人依序選線決定比賽組合的結果是──

◇

預賽第一場比賽：「違法少女」依禮奈──「邪教神官」政近

「違法少女已經變成官方名稱……哎，算了。」

看著有希寫在白板的對戰表，依禮奈對於寫在上面的別名露出微妙表情。但是她輕輕吐一口氣重新端正表情，朝政近露出無懼一切的笑容。

「呼呼呼，沒想到第一個對手是久世學弟……一開始就碰上我，你就憎恨自己的不幸吧。」

「說得也是。畢竟那個光是要搬回去就很辛苦的巨大南瓜布丁，我可以搶在大家前面先接近一步了？」

脫口放話鬥嘴的政近與依禮奈移動到沙發座位，面對面坐下。

「啊，為了防止作弊，觀眾們請在看不到兩人手牌的位置觀戰哦？」

依照依禮奈的指示，另外六名成員在沙發座位的桌子兩側排椅子坐下。

依禮奈對此滿意點頭，然後朝政近投以挑釁的視線。

「那麼，我是遊戲的設計者，所以請你先攻吧？畢竟這樣才終於算是對等吧。」

「可以嗎？學姊敗北時的哭喪點數順利累積中喔。」

「啊哈哈，如果我輸了，我就像個敗北的魔法少女掀起裙子宣布敗北吧。」

「……真的可以嗎？雖然我對依禮奈學姊的內褲一點興趣都沒有，不過既然這樣放話就請妳說到做到哦？」

「這個學弟脫口就說得很失禮耶！」

就算氣成這樣，但政近真的沒興趣，所以這也沒辦法。何況現階段依禮奈的豐滿胸部明明就已經露得不能再露，政近卻毫無感覺到連自己都嚇一跳。

（為什麼呢？真是不可思議耶，明明是這樣的大美女……果然是因為遺憾美女的氣息太強烈了嗎？）

「總覺得你在思考非常失禮的事情……」

敏銳讀心的依禮奈臉頰僵硬，政近像是不屑「哼」了一聲般揚起嘴角。

見狀的依禮奈臉頰隨即愈來愈僵，露出恐怖的笑容開口。

「絕對要讓你哭出來……！」

「就算輸得落花流水，我也不會哭出來喔。依禮奈學姊的話就不知道了。」

總之以這種感覺結束一輪前哨戰的時候，政近切換思緒。

（那麼，在這場遊戲裡……首先必須思考一件事。）

就是交戰對手的目的究竟是贏得遊戲，還是獲得點心。

如果是後者，那麼對手的戰略不問自明。

自己完全不會出點心，連續打出討糖卡，在適當的時間點敗北。只會是這種戰略。

而且如果對手打算這麼做，這邊只要開場打出搗蛋卡就能輕鬆獲勝。

（不過，這次應該不會這樣吧。既然那麼大發豪語又那麼挑釁我，她無論如何都想贏我吧。）

其實直到剛才的前哨戰，也是為了要看清這一點。

所以，既然對手純粹想要獲勝，開場打出搗蛋卡反而很危險。如果失敗，剩下的回合就只能防守，不只如此，開場打出搗蛋卡也是選擇在這一局放棄獲得點心。

在這個遊戲裡，失去所有點心的時間點就無法防禦對手的搗蛋卡，所以點心就像是自己的殘機。

如果只考慮這場比賽的勝利就算了，考慮到戰勝之後的下一場比賽，盡可能獲得點心才是最好的做法。

（只不過，正因為有這種高風險的手段，才能夠出其不意戰勝對手……總之暫時先觀察狀況吧。）

政近冷靜地如此判斷，將討糖卡覆蓋在桌面。

「喔，決定了啊……那我也出牌吧。」

依禮奈說完之後，將自己的費南雪放在桌子中央的紙盤。

「哎呀呀？明明大發豪語卻這麼慎重啊？開場就防守得這麼森嚴？」

「開場要先觀察狀況喔。換句話說這是棄子。」

聽到政近的挑釁，依禮奈也以無懼一切的笑容回答。雙方都準備完畢之後，政近伸手要拿自己覆蓋的卡牌……

「啊，翻牌的時候要一起喊『不給糖就搗蛋！』這樣。」

「……」

聽到這個有點丟臉的要求，政近肩膀微微搖晃。但他豁出去認為這麼做是為了炒熱氣氛，和依禮奈同時大喊。

「「不給糖就搗蛋！」」

在現場所有人的注視之下，討糖卡當場翻開。然後觀眾發出「喔～～」的聲音，政近拿起依禮奈給出的費南雪。

「討糖卡發動成功，對吧。點心我拿走了喔。」

「請便請便。」

依禮奈看起來毫不慌張，甚至露出從容的笑。這副模樣令政近稍微揚起單邊眉毛，再度出言試探。

「哎呀哎呀，可以嗎？依禮奈學姊，殘機早早就少了一台喔。這樣的話就算贏了這場比賽，接下來也很辛苦吧？」

「哈哈哈，這種程度的讓分剛剛好喔。」

依禮奈始終不改從容態度，政近在挑釁的表情底下靜靜瞇細雙眼。

（看來這個人……）

政近逐漸確信自己的推測時，依禮奈咧嘴一笑。

「那麼，再來是我的回合。」

然後她沒特別猶豫就覆蓋一張卡，進而挑釁地看向政近。

「好啦，你要怎麼做？要防守嗎？還是不防守？」

「不防守。」

聽到政近立刻回答，依禮奈正色眨了眨眼，看來終究出乎她的意料。

「……可以嗎？說不定一開場就會分出勝負哦？」

「那我就帶著四個點心敗北退場吧。」

政近聳肩這麼說，依禮奈像是有點掃興，朝著自己覆蓋的卡伸出手。

「那就開始了喔……」

然後她再度咧嘴笑著這麼說。

「『不給糖就搗蛋！』」

卡牌被翻開……

「啊！」

「！」

「喔！」

「哎呀……」

在周圍觀戰的學生會成員驚叫之中，翻到正面的卡牌上面印的是……惡魔的圖示以及Trick的文字。

「啊哈哈～～真可惜耶，久世學弟。」

依禮奈拿起搗蛋卡，發出誇耀勝利的聲音。政近不以為意，迅速從依禮奈手中搶走這張卡。

「啊——」

被這麼出其不意，依禮奈張嘴愣住。有希以外的成員眨著眼睛不知道發生什麼事。在他們的注視之中……政近搶走的卡牌表面，有某個東西輕盈飄落。

落在桌上的這個東西，是除了惡魔圖示以及Trick文字之外都呈現透明狀的薄膜。政近拿著從薄膜下方出現的討糖卡，露出笑容。

「這是什麼？」

「啊，呃，那個……」

「出老千……？」

「副會長……」

聽到政近這麼問而明顯游移視線的依禮奈，被茅咲的犀利視線與統也的傻眼視線刺得好痛。聽到這兩人的話語而終於掌握事態的艾莉莎與綾乃，也靜靜朝依禮奈投以冰冷的眼神。就像是無法承受這些視線，依禮奈就這麼看著旁邊輕聲低語。

「讓……讓後輩學會大人的齷齪，也是前輩的職責喔……」

「就算十八歲姑且已經成人，但妳裝出大人的態度也……」

政近以冰冷眼神這麼說，然後嘆了口氣。

「唉……在妳莫名充滿自信的時間點，我就覺得應該是這麼回事了。將薄膜疊在討糖卡上面，偽裝成搗蛋卡的手法……如果我出了點心，妳翻卡的時候會把卡拉到桌邊，只讓薄膜在桌邊掉下去對吧？」

「唔……」

「哎，如果是外行人可能會上當……但妳選錯對手了。」

政近說完露出誇耀勝利的笑容，以手指輕彈桌上的薄膜滑向依禮奈。

身為阿宅，政近平常就做好準備，以便隨時被捲入賭上生命的遊戲。對於這樣的他來說，這種程度的老千在預料範圍之內。

「那麼……請妳履行承諾吧？」

「嗚！」

看見政近刻薄的笑容，依禮奈即使露出膽怯的模樣，還是捏著裙子起身。

「嗚嗚……真的要做嗎？」

依禮奈揚起視線看過來，政近握住掛在胸前的詭異標誌，以嚴肅的表情開口。

「要懺悔自己的罪，向神請求赦免。」

「明明是邪教徒，不要假裝是聖職者好嗎？」

「說我是邪教徒？妳在侮辱只奉上一條內褲就會赦免一切的吾神嗎！」

「這是邪神吧？」

「吾神是這麼說的……『某些營養只能從充滿自信的美少女臉蛋恥辱扭曲的光景攝取』。」

「這是邪神吧！」

被依禮奈的吐槽阻止作戲之後，政近以敷衍的態度賞她白眼。

「好了好了，至少要好好做到自己說的承諾哦～？請記得光是沒有沒收點心就該謝天謝地了。別擔心，我與會長會向後轉。」

「嗚嗚嗚嗚嗚～」

看見政近的視線，統也也轉身向後。

即使如此，在學妹們面前主動掀裙子的行為似乎還是非常難為情，依禮奈幾乎要哭出來了。

「那個～依禮奈學姊？不需要勉強自己……」

「不不不，瑪夏學姊，這是承諾。就請她以偉大學姊的身分，好好展現說到做到的一面吧？」

「嗚嗚嗚嗚嗚～～」

瑪利亞下垂眉角幫忙說情，被有希以堅定的淑女笑容制止。艾莉莎與茅咲露出無法言喻的表情，但兩人都是討厭作弊的個性所以靜靜旁觀。一年級時被依禮奈百般照顧的統也不發一語。綾乃是空氣。

就這樣再也沒人相挺的依禮奈，像是終於下定決心般，嘴角露出無懼一切的笑容開口。

「呵，呵呵……好吧……就讓你們看看前副會長灑脫的一面吧……！」

然後她迅速掀起裙子，滿臉通紅露出奇怪的笑容這麼說。

「我……我是，出老千卻還悽慘敗北的敗犬。請，請欣賞我這隻敗犬丟……丟人現眼的模樣吧！」

「還真是訓練有素……」

政近就這麼轉身向後，對於依禮奈這段話略感佩服，然後忽然想到一件事而呢喃。

「直接在這個狀況惡作劇也ＯＫ嗎？」

「你是鬼嗎……」

聽到政近的鬼畜發言，不只是統也，女性成員們也冷眼以對。以背部與臉頰感受到這些視線的政近縮起脖子。

預賽第一場比賽勝利者：「邪教神官」政近（保有四個點心勝出），惡作劇內容：用指尖滑過背脊。

◇

預賽第二場比賽：「瘋狂科學家」茅咲 ── 「聖惡魔」瑪利亞

「啊哈哈，我是敗犬……屎爛雜碎的敗犬……」

依禮奈在學生會室角落掛著空洞的笑容，政近投以同情的眼神，看向白板發問。

「『聖惡魔』是什麼？」

「因為是聖母又是惡魔……」

「感覺變成廚二病會很興奮的別名了。」

和有希這樣交談之後，政近視線移向下一場比賽。

先攻是茅咲。茅咲出牌之後觀察瑪利亞的反應。然而……

「唔～～那我無視。」

「！」

居然在開場選擇門戶大開，這種進攻方式令政近大感意外。

抱持相同感想的似乎不只政近，交戰對手茅咲與其他觀戰者也一臉驚訝。然後……

「「不給糖就搗蛋！」」

茅咲的卡牌翻開之後是討糖卡。茅咲的攻擊撲空，瑪利亞的無視成功。

「那麼，再來是我的回合喔〜」

瑪利亞一開始就採用大膽戰術，茅咲投以稍微提高戒心的視線，稍微猶豫之後在瑪利亞的卡牌前方放上瑪德蓮。

「「不給糖就搗蛋！」」

在所有人的注視之下，瑪利亞打出的是討糖卡。茅咲的瑪德蓮被瑪利亞接收。

「太棒了〜」

瑪利亞露出輕飄飄的笑容純真歡笑。以結果來說，這波攻防是瑪利亞完全勝利。對於這個意外的展開，政近皺起眉頭。

（真的嗎……瑪夏小姐意外地擅長賭博嗎……？）

看著露出清白笑容的瑪利亞臉蛋，原本判斷她不是強敵的政近修改自己的評價。不過同樣的局面再度上演一輪之後，政近察覺了。

（不對，看來瑪夏小姐單純只是想要點心吧？）

看著瑪利亞在五個點心前面露出幸福的笑容，政近內心一度上修的瑪利亞評價暴跌了。從這張表情來看，瑪利亞不在乎遊戲的勝負。她的目的不是得到遊戲的勝利，而是得到點心。茅咲似乎也得出相同的結論，她靜靜瞇細雙眼，隨手打出下一張卡。政近直覺認為這是搗蛋卡。

（總之，既然對方不想出點心，早點打出搗蛋卡是正確……應該說這樣才是唯一的做法。）

政近在內心同意茅咲的戰術。

「那麼，防守！我要出茅咲剛才的瑪芬喔～～」

「？」

沒想到瑪利亞會這麼說，政近吃驚瞪大雙眼。茅咲同樣目瞪口呆。

（什麼……她不是早就拋棄了勝負嗎？難道這些全都是引誘對方出搗蛋卡的演技……？）

政近驚慌失措的這時候，茅咲掀開覆蓋的卡。或許該說果然，出現的是搗蛋卡。這麼一來，茅咲在這一局已經失去攻擊手段。不只如此……

（不妙……既然點心只剩下一個，剩下的兩回合中，將有一個回合無法防守搗蛋卡。）

這麼一來，機率單純是二分之一……以為是這樣，其實並非如此。如果純粹只考慮遊戲的勝負，機率當然是二分之一吧。不過……

（假設會輸……更科學姊也有兩種輸法。）

那就是失去所有點心的完全敗北，以及留下一個點心的敗北。有這兩種輸法。而且如果要避免完全敗北，茅咲下一回合只能選擇「不防守」。這麼一來，至少可以避免在這一局完全敗北。茅咲大概也理解這一點吧。然而……

「……防守！」

（明明理解卻還是一決勝負嗎……很像更科學姊的作風。）

針對「肯定會打安全牌避免完全敗北」這個猜測，反將對方一軍的戰法。面對茅咲在這種狀況依然沒放棄勝利的戰法，瑪利亞打出的卡是——

「討糖卡。抱歉哦～茅咲。」

居然三連續討糖成功。茅咲最後一個點心落入瑪利亞手中，瑪利亞在這一瞬間確定完全勝利。

預賽第二場比賽勝利者：「聖惡魔」瑪利亞（保有六個點心勝出），惡作劇內容：側腹搔癢。

◇

預賽第三場比賽：「有名字的怪物」統也——「小魔女」有希

「咕，殺了我吧……！」

笑過頭而滿臉通紅的女友氣喘吁吁說出這句話，統也心想「真是可愛」將視線移向白板。

「話說，我的別名不會太過分嗎？」

「會嗎？但我一時之間只想到這個別名……」

「……哎，算了。」

面對有希銅牆鐵壁般的雕塑笑容，統也露出無言以對的表情，看向自己手邊。

（看茅咲的比賽就知道……在這個遊戲裡，點心比想像的還要重要。）

先攻的有希正在選牌，統也以視線一角看著這一幕心想。

（就算還有三個，貿然使用也很危險。如果點心的數量出現差距，心理層面會陷入困境而逐漸無法冷靜判斷，一步步走向敗北。）

統也看著手邊的三個點心這樣分析時，有希將一張卡牌覆蓋在桌面。

「會長，請。」

「啊啊……」

統也理解遊戲的速度沒政近那麼快。但是多虧觀看剛才的比賽，如今統也對於遊戲的理解也深入到和政近相近的水準。換句話說，他知道玩家分成想要獲勝及想要點心這兩種類型。開場打出搗蛋卡對於後者來說很有效，對於前者來說風險很高。然而……

（周防不可能沒察覺這一點……）

在這個學生會共處這麼長的時間，統也也察覺了。

即使在優秀學生齊聚的本屆學生會之中，在國中部學生會擔任過正副會長的有希與政近，腦袋靈光的程度也明顯首屈一指。統也現在理解的內容，以有希的能耐肯定早就已經理解。正因如此……

（她肯定也理解開場打出搗蛋卡的危險性。這時候要無視！）

統也做出這個決定，搖了搖頭。

「我不防守。無視。」

「哎呀，這樣嗎？那麼……」

有希不改淑女般的笑容，朝著覆蓋的卡牌伸手。然後……

「「不給糖就搗蛋！」」

隨著這聲吆喝，有希翻開卡牌。她出的是……搗蛋卡。

「咦？」

「呵呵，不好意思。看來是我贏了。」

第三場勝利者：「小魔女」有希（保有三個點心勝出），惡作劇內容：摸鏡片。

「這是眼鏡角色會爆怒的行為吧……」

「唔呵呵。」

◇

第四場比賽：「背教聖女」艾莉莎——「使魔」綾乃

「慢著，艾莉莎學妹的別名超帥！」

「又是廚二病應該會喜歡的……」

茅咲與政近這樣交談，斜眼看著兩人的艾莉莎坐在沙發。

「艾莉莎小姐，請多多指教。」

「好的。」

綾乃恭敬低頭之後坐在正對面的沙發，結果尾巴被壓在底下，所以稍微起身從屁股

下方拉出尾巴。艾莉莎看著這幅會心一笑的光景露出笑容，並且在這時候湊巧得出和統也相近的結論。

（應該要避免拿出點心。要是點心減少，就會一步步被逼入絕境……而且，不只失去點心也失去勝利的這種悽慘輸法，應該是第一個要避免的結果。）

徹底不服輸的艾莉莎冷靜地如此思考。同時……

（最重要的是，看起來這麼好吃的點心，我要三種都吃到才罷休！）

熱愛甜食的她如此熱烈思考。然後她微微搖頭，進一步思考細節。

（雖然這麼說，但也應該避免開場就敗北。雖然對不起會長，但是剛才毫無表現的那種感覺很丟臉……）

綜合以上的判斷，艾莉莎得出結論。

（不能臨場被影響判斷，應該預先決定要在哪裡一決勝負。第一回合先防守，然後第二回合不防守！）

做出這個決定之後，艾莉莎在綾乃覆蓋的卡牌前方放上瑪德蓮。

「「不給糖就搗蛋！」」

結果是……

「是討糖卡。點心由在下接收了。」

「唔，嗯。」

雖然冒出有點捨不得的心情，但這在計算範圍之內所以沒慌張。接下來是艾莉莎的回合。

（開場打出搗蛋卡果然很危險……最重要的是，即使在這時候搗蛋成功，剛才用掉的瑪德蓮也不會回來……）

艾莉莎瞥向落入綾乃手中的瑪德蓮，覆蓋討糖卡。

「綾乃同學，請吧。」

「好的。」

然後，艾莉莎不讓緊張顯露在言表，定睛注視綾乃面無表情的臉。然後……綾乃放上剛才從艾莉莎那裡搶來的瑪德蓮。

「在下要防守。那麼……」

「好的，那就開始吧。」

艾莉莎稍微露出笑容，伸手拿著卡牌。

「「不給糖就搗蛋！」」

然後拿著翻開的討糖卡，滿足一笑。

「討糖成功。請妳把點心還給我吧。」

「好的。」

事到如今，綾乃的表情還是沒有變化。艾莉莎覺得有點不好對付，但是計畫沒有變更。

（好，拿回點心了。按照預定計畫，在這時候一決勝負吧！）

（——她應該是這麼想的吧。）

在暗自注入幹勁的艾莉莎前方，綾乃淡淡地如此思考。

（不服輸又愛吃甜食的艾莉莎小姐，肯定想盡量保有點心並且獲勝。即使如此，為了避免在第一回合無計可施就敗北，所以開場會先防守。在第一回合失去的點心，只要這邊在下一回合還給她……）

「我要無視。」

（艾莉莎小姐肯定會一決勝負。）

面對露出強勢表情的艾莉莎，綾乃就這麼面無表情，朝著覆蓋的卡牌伸手。

「『不給糖就搗蛋！』」

然後，看見翻開的卡牌……

「咦？」

艾莉莎露出錯愕表情。

「……搗蛋成功。在下獲勝了。」

預賽第三場比賽勝利者：「使魔」綾乃（保有三個點心勝出），惡作劇內容：朝耳朵吹氣。

◇

準決賽第一場比賽：「邪教神官」政近——「聖惡魔」瑪利亞

「嗚嗚……」

「沒事嗎？」

「我不甘心……到底是哪裡做錯了……」

「唔……總之，這個仇我幫妳報吧。」

艾莉莎按著被綾乃吹氣的耳朵露出不甘心的表情，政近向她說完之後繃緊神經。

（好啦……現在是勝負關鍵喔。）

對手是首戰面對茅咲拿下完全勝利的瑪利亞。不知道那場勝利到底精心計算到什麼程度，但是包括不知道的部分在內也肯定是強敵。

（最重要的是……點心數量已經相差兩個之多……雖說討糖成功一次就能追平，但光是持有六個點心就是一大威脅……）

政近一邊這麼思考，一邊走向沙發座位，然後以絲毫不敢大意的視線看向先坐在正對面的瑪利亞。

（啊，不行。會想起昨天的那件事。）

政近看著惡魔扮裝的瑪利亞，迅速移開視線，不經意看向卡牌方向，順便也確認彼此的點心。

（我有四個，然後瑪夏小姐有六……個…………？）

……嗯？看錯了嗎？

政近眨了眨眼，再度確認該處只有三個點心，然後像是窺視般看向瑪利亞……

「……欸嘿♪我吃掉了。」

「吃掉了嗎～～」

瑪利亞，居然在等待期間吃掉殘機（點心）之卷。

「瑪夏……」

「不，確實沒禁止這麼做……可是瑪利亞學妹……」

「瑪夏，妳也太隨性了吧？」

艾莉莎頭痛般按住額頭，依禮奈傻眼般苦笑，茅咲皺眉吐槽。面對四面八方的冷淡視線，瑪利亞搖晃雙手說出「因為～～看起來很好吃啊～～」這句話。過度削減緊張感的這副模樣，使得政近感覺繃緊的神經洩氣放鬆。

（不，說真的，到底有幾分是認真的……？）

她真的想贏這場比賽嗎？政近連這一點都看不透，總之拿起卡牌。

「準備，剪刀石頭～～」

「「布！」」

已經是半下意識地看出對方出拳頭，所以政近出布。然後他拿著四張卡牌輕輕嘆了口氣。

（那麼……事到如今，開場直接打搗蛋卡試探看看吧。必須看清剛才她擋下更科學姊的搗蛋是不是偶然……幸好即使後來只能防守，殘機也足夠我撐下去。）

總覺得也懶得思考複雜的作戰了，政近基於相當隨便的想法覆蓋搗蛋卡。

「瑪夏小姐，請吧。」

為了避免表情被解讀……順便為了避免直視瑪利亞的臉，政近看著手邊催促。

「唔～～……那麼，我要無視。」

（嗯？）

然後這句話傳入耳中，政近眉頭差點顫動。悄悄揚起視線一看，瑪利亞掛著一如往常的笑容。

（呃，咦？剛才那是偶然嗎？搞不懂……）

政近在內心大幅歪過腦袋，朝著覆蓋的卡牌伸手。

「「不給糖就搗蛋！」」

然後，政近很乾脆地搗蛋成功了。瑪利亞隨即迅速起身，跑向茅咲哭訴。

「嗚哇～～茅咲我輸了啦～～」

「哎呀呀……總之這也沒辦法喔。」

「嗯……啊，那個，點心還妳喔～～」

瑪利亞說完之後，以視線朝著剩下的三個點心示意……片刻之後，政近睜大雙眼。

（難道她……從一開始就打算這麼做嗎？）

一開始就不想贏政近，為了將點心還給茅咲，所以故意不防守……？究竟到哪裡是精心計算，到哪裡是少根筋使然……

（總覺得沒什麼戰勝的感覺……）

看著將點心塞給茅咲的瑪利亞，政近感慨心想。

準決賽第一場比賽勝利者：「邪教神官」政近（保有四個點心勝出），惡作劇內容：在眼前拍掌。

「（葛格……總覺得你偏袒了？）」

「（少煩。）」

◇

準決賽第二場比賽：「小魔女」有希——「使魔」綾乃

「呵呵，就算對手是我也不用客氣哦？綾乃。」

「好的。請容許在下以討教的心態挑戰。」

相互對峙的主僕。搭檔之間的對決在此時首度實現，政近投以深感興趣的視線。

（好啦……這場比賽值得一看。）

彼此各持有三個點心的對決。正常只以心理戰的實力來看是有希占上風，然而對手是擅長解讀有希想法的綾乃。是有希能夠成功矇騙？還是綾乃能夠徹底讀心？在注目的政近面前……猜拳勝利的有希慢慢覆蓋手上的卡牌，胡亂洗牌之後在桌面排成一列，然後朝著綾乃露出笑容。

「呵呵呵，我可不打算和妳相互讀心哦？綾乃。接下來我會維持蓋牌的狀態隨機出牌。」

既然會被讀心，乾脆全部聽天由命。看著有希如此宣布，政近感覺到了。

（這是謊言。）

乍看像是隨機洗牌，其實有希正確把握了搗蛋卡的位置。政近直覺這麼認為。這是障眼法。虛張聲勢強調讀心也沒意義，打算鎖定最佳時機打出搗蛋卡。

（那麼……不知道對於綾乃是否管用。）

綾乃自始至終總是面無表情，政近也不太能解讀她的心思。但是政近隱約覺得……既然自己察覺這一點，綾乃或許也有察覺這一點。

或許是政近的這個預測正確，這場比賽並非只在第一局就分出勝負。彼此的兩次防守都漂亮擋住對方的搗蛋卡，進入今天首度進行的第二局。

「呵呵呵，不愧是綾乃……居然猜得到我的戰術。」

「不敢當。」

觀眾心情因為白熱化的戰鬥而高漲，第二局在這種氣氛下開始。先攻的綾乃出牌，有希無視於攻擊，漂亮躲過綾乃的討糖卡。

再來是有希的回合。還以為她又要洗牌之後把牌放在桌上……

「只有這一招……我原本不想使用。」

「？」

有希輕聲說完，朝著冒出問號的綾乃投以甜美的笑容。
「欸，綾乃。面對會讀心的對手，妳知道最有效的對付方式是什麼嗎？」
「……不知道。」
綾乃搖了搖頭，有希加深笑容說下去。
「方法就是準備兩顆心，避免被對方解讀哦？」
聽到有希這麼說，觀戰的眾人心想「她在說什麼？」歪過腦袋。
（該不會……）
政近冒出不祥預感而僵住臉頰的這時候……有希的嘴唇默默編織話語。
——天使模式……
不發出聲音唸出。
「發☆動！」
這一瞬間，有希臉上的表情迅速脫落……數秒後，突然露出甜美純真的笑容。
「好～～那麼接下來是我的回合嘍！」
「「「「？」」」」
有希突然改變形象，政近與綾乃以外的五人大受震撼。在綾乃也驚慌晃動肩膀的這時候，有希拿起一張卡牌。

「那我就決定用這張惡魔卡吧！」

「這……這種招數……」

即使嘴裡這麼說，綾乃的視線與手也明顯游移，再三猶豫之後將瑪德蓮放在面前。

然後……

「「不給糖就搗蛋！」」

翻牌之後出現的是……討糖卡。

「欸嘿嘿，騙妳的～～♪點心我收下嘍～～？」

有希像是惡作劇孩童般吐出舌頭，搶走綾乃的瑪德蓮。學生會室一陣譁然。

結果綾乃完全亂了步調，大概是急著取勝，在下一回合打出搗蛋卡卻悽慘失敗。後來再度中了一次討糖卡，在點心剩下一個的時候，最後的二選一也猜錯，一口氣被拿下勝利。

「太棒了，我贏嘍～～♪」

身穿小魔女服裝的有希像是孩童般開心，茅咲似乎有點不知所措。

「有……有希學妹沒問題嗎？她現在那樣，是不是重設一下比較好？」

「不用重設沒關係，她那樣只是以自我催眠退化為幼兒。」

「這樣沒問題嗎……？」

在學長姊們的擔心守護之下，政近大步走向有希，猛然抓住她的雙肩搖晃。

「好了，回復正常吧。」

「……啊啊，謝謝你，政近同學。」

「「「所以說這樣沒問題嗎？」」」

準決賽第二場比賽勝利者：「小魔女」有希（保有五個點心勝出），惡作劇內容：持續搔癢直到面無表情的臉蛋扭曲。

「呼，呼……」

「妳這傢伙，從剛才就在惡作劇內容透露惡劣的性格喔。」

「哎呀是嗎？呵呵。」

◇

決賽：「邪教神官」政近──「小魔女」有希

「結果是我們嗎……」

「是啊，我也覺得會變成這樣。」

政近聳了聳肩，有希露出意義深遠的笑容。在其他人的守護之下，有希從容向政近伸出手。

「那麼，請你先攻吧？畢竟我的點心比較多。」

「喔，可以嗎？」

「是的，反正猜拳應該很難猜出結果……」

有希說到這裡暫時停頓，露出挑釁的笑容。

「畢竟我不認為第一局就能輕易分出勝負。」

「哈哈哈，原來如此。」

對此，政近露出無懼一切的笑容……兄妹對決拉開序幕。

然後，現在是第六局。

「呵呵呵，遲遲沒能分出勝負耶。」

「總之這在預料的範圍內。如果妳累了也可以投降哦？」

「怎麼可能。不過維持現狀只會一直拖下去……不然這樣吧？接下來把規則改成每一局只能防守一次。」

有希的提案引起觀戰者騷動。但是政近似乎不為所動，就這麼掛著笑容點頭。

「好啊。我正好也想要進行相同的提案。」

「那麼——」

就這樣，比賽採用這個限制規則繼續開始……來到第十局。

「不對，好久！終究太久了啦！」

「真虧你們都能精準猜到……」

依禮奈耐不住性子大喊，茅咲又是佩服又是傻眼。

看著觀眾的氣氛從火熱變得開始厭倦，政近這麼說。

「有人抱怨拖太久了。怎麼樣，有希，接下來要不要解除防守限制，改成每次出手限時五秒的快速對決？」

「呵呵，我不介意哦？」

「總覺得像是將棋達人會說的話……」

依禮奈有氣無力地這麼說，比賽再度更改規則繼續開始……來到第十三局，終於分出勝負了。

「搗蛋成功……是我贏了。」

決賽勝利者：「小魔女」有希（保有三個點心奪冠）。

◇

「恭喜～～」

政近和觀戰者們一起拍手祝賀。有希對於搶走兩個點心卻不知為何防守失敗的政近，掛著裝出來的笑容問他。

「你是故意輸的？」

「不，完全沒有啊？」

政近面不改色，以快到不自然的速度立刻回答，然後在有希笑容逐漸加深的時候靜靜轉過頭去，將剛才從依禮奈那裡贏來的點心交給依禮奈，從有希那裡贏來的點心則是交給綾乃。

「來，這個還給妳們。」

「咦？」

「政近大人？」

「沒有啦，妳們看，畢竟瑪夏小姐也還給更科學姊。這樣大家就都有三個了。」

聽他這麼說，依禮奈迅速確認所有人手上的點心，此時有希掛著笑容開口挖苦。

「真愛耍帥耶。」

「我只是效法尊敬的學姊罷了。」

政近說完之後聳肩，有希笑盈盈地繞過桌子，坐在政近身旁。

「對了對了，我還沒惡作劇對吧？」

然後她靜靜探出上半身，將嘴巴湊到政近耳邊。

「怎麼了？要對耳朵吹氣嗎——」

「哇！！」

「妳……！開什麼玩笑！」

耳邊突然被這麼一喊，政近忍不住倒在沙發上。然後他按著嗡嗡作響的耳朵，露出僵硬的笑容仰望有希。

「這傢伙……小心我對妳這個魔女進行異端審判喔。」

「喔呵呵，我會反過來取你性命喔，邪神的神官先生。」

兄妹相互露出假惺惺的笑容幾乎要一觸即發時，依禮奈不知為何以右手遮住右半張臉發出詭異的笑聲。

「呼呼呼……明明是要強迫玩家互搶點心，你卻違抗我這個遊戲主宰的意志嗎……漂亮，做得太漂亮了，久世學弟。」

「她好像說了什麼耶？」

「那個人剛才不是發表敗犬宣言了嗎？」

「嗚咕！」

政近與茅咲毫不留情這麼說，使得依禮奈按住胸口踉蹌。但她立刻重新振作，再度露出無懼一切的笑容。

「呼，呼呼，你漂亮超越了遊戲主宰的預測，得給你獎勵才行……所以呢……」

此時，依禮奈「咚」的一聲將南瓜怪放在沙發座位的桌上，高聲宣布。

「這個特大南瓜布丁，就由有希學妹與政近學弟平分了！」

依禮奈迅速伸手向前，露出像是在說「搞定了」的得意表情，政近與有希當著她的面同時回應。

「「咦，我不要。」」

「不准說不要！」

——結果，特大南瓜布丁由八個人一起分著吃。而且其中約四成消失在九条姊妹的肚子裡。

Иногда Аля внезапно кокетничает по-русски

第7話 音樂

在假借運動會慰勞會之名的萬聖派對結束的隔天，政近前往音樂室要履行和依禮奈的約定。

依禮奈希望政近擔任伴奏，參加管樂社的演奏會。在運動會的出馬戰，依禮奈開出這個條件協助艾莉莎與政近這一組，為了回應這個要求，政近從今天開始參加管樂社的練習。但他當然還有學生會的業務要忙，所以不是每次都會參加。

『並不是每一首樂曲都有鋼琴，而且以你的本事，少練習幾次也沒問題吧～～』

回想起伴隨神祕信賴笑著這麼說的學姊，政近覺得胃有點緊縮。

（不，我哪有什麼本事……荒廢這麼多年早就生鏽到不行了……何況現在住的家根本沒鋼琴，所以也沒辦法在家裡練習……但我至少有用雙手比劃練習就是了。）

期待變成重擔壓在身上，走向音樂室的腳步變得笨重。不過就算變重，只要一直走也終將抵達目的地。政近來到第一音樂室門前，做個深呼吸之後下定決心開門。

「打擾了——」

「歡迎來到我的後宮！」

「這個介紹真的沒問題嗎？」

然後，總之先對前來迎接的依禮奈這麼吐槽。對此，依禮奈莫名充滿自信挺胸。

「呼呼～～沒有任何問題哦？因為這單純是事實。對吧各位！」

依禮奈說完迅速轉過身去，被徵求同意的管樂社社員們一起點頭。

「是的社長。」

「說得也是。」

「唔呵呵。」

社員們露出美麗的笑容，說出範本般的客套話。看見這幅光景，政近回想起依禮奈說過的那段話。

『這所學校裡，都是面帶笑容無視於搞笑的紳士淑女，不然就是個性特殊到令我必須改為負責吐槽的奇妙孩子，所以能讓我心無罣礙負責搞笑的對象非常稀少。』

（原來如此，這就是依禮奈學姊所說「面帶笑容無視於搞笑的紳士淑女」嗎？）

仔細一看，女生占八成左右的管樂社社員，看起來感覺幾乎都是家教良好的良家子女。真的盡是和大小姐模式有希相同類型的學生。

（這確實是相當難應付的諧星剋星耶……）

搞笑被華麗無視到這種程度，依禮奈想必也很難發揮吧。政近不禁感到同情。然而……

「看吧？大家都～～是我的後宮喔！」

「妳也太神勇了吧？」

依禮奈以燦爛的笑容轉過身來豎起大拇指，政近在傻眼的同時感到佩服。依禮奈隨即扠腰一笑。

「哈哈哈，既然成為後宮之主，當然要在各方面神勇才行嘍～～對吧？」

「是的社長。」

「說得也是。」

「唔呵呵。」

「不，完全被敷衍帶過了吧……這個設定妳打算維持多久？」

「不准說是設定！」

「那麼這種形象……」

「吵死了～～！沒演出這種形象，我就不敢站在大家面前啦！」

「這……不好意思。」

「別道歉啦～～我是開玩笑的。依禮奈學姊我啊，原本就是破天荒又色色的大姊姊喔☆」

就像是聽得到「呀哈☆」的音效，依禮奈擺出開朗的笑容與姿勢，政近心想「貫徹到這種程度就很了不起了」甚至感到佩服。同時，他察覺自己來到這裡的時候感受到的沉重緊張感解除，伴隨著些許苦笑低頭。

「學姊是為了讓我早點融入，才幫忙緩和場中的氣氛吧。謝謝學姊。」

「不准向我道謝！」

「什麼意思？」

「不准莫名惶恐的意思！因為我們社團是以不在意上下關係的真誠氣氛在經營的。對吧？」

「是的社長。」

「說得也是。」

「唔呵呵。」

「妳們是BOT嗎？」

政近正色看向從剛才就一直重複相同話語的社員們，但她們只回以雕塑般的笑容。到了這種程度，總覺得有點恐怖。

（應該說，她們就某種意義來說很另類吧……）

仔細一看，直到剛才說話的一直都是那三個人，其他社員只有默默掛著笑容。總之政近在內心決定將這三人稱為「是的學姊」、「說得學姊」以及「唔呵呵的人」。

「那麼重新介紹一次。這位是直到十二月的演奏都會加入我們擔任鋼琴伴奏的久世政近。大家鼓掌！」

依禮奈說完之後拍手，社員們隨即一齊拍手。其中完全看不出對於局外人的厭惡或迴避，純粹只表達出歡迎的心情。

政近對此也鬆了口氣……同時覺得自己果然受到期待，胃變得好沉重。

「好！那麼從那邊角落依序自我介紹……我很想這麼做，不過所有人介紹完終究會很久，所以就等休息時間再麻煩大家。總之只先介紹各年級的組長吧？」

「啊，好的，麻煩了。」

「ＯＫ，ｃｏｍｅｏｎ～～」

政近點頭之後，依禮奈以詭異的手勢招手，三名女學生看見之後走向前。話說居然是從剛才就重複相同台詞的那三人。

（不就是「是的」、「說得」以及「唔呵呵」那三人嗎？）

剛剛才在腦中取了這種綽號，所以政近覺得有點尷尬。三名女學生不可能知道這種事，從三年級依序進行自我介紹。

「初次見面您好，我是三年級的灰谷，擔任副社長。負責的樂器是單簧管。」
（不就是「是的學姊」嗎？）（註：日語中灰谷的「灰」和「是的」同音。）
「初次見面您好，我是二年級的相馬。負責的是打擊樂器。」
（不就是「說得學姊」嗎？）（註：日語中相馬的「相」和說得也是的「說得」同音。）
「久世同學，初次見面您好，我是A班的荒井。負責的樂器是長笛。」
（真可惜，不是「唔呵呵」而是「哎呀哎呀」嗎？）（註：日語中荒井的「荒」和「哎呀」同音。）
浮現這種愚蠢的想法，政近在腦中毆打自己，然後努力裝出正經表情鞠躬。
「初次見面，我是久世。雖然只有短短一個多月，不過請多多指——」
「太拘謹啦～～！」
此時依禮奈插嘴介入，在政近與三人中間大幅高舉手臂，然後狠狠瞪向大吃一驚的政近。
「我剛才說的有聽進去嗎？我們社團是以不在意上下關係的真誠氣氛在經營的！」
「不，就算這麼說，但我今天是第一次參加……何況學姊們明明用敬語說話，我可不能——」
「這些孩子對誰都是用敬語說話，所以不必在意！不提這個，你應該像是平常對我說話那樣更放鬆一點！」

「是喔……社長是那麼說的，這樣可以嗎？」

「是的。」

「說得也是，沒關係的。」

「唔呵呵。」

得到三人的允許（？），政近稍微放鬆肩膀力氣。依禮奈見狀露出滿足般的笑容，輕輕將手放在政近肩膀。

「那麼事不宜遲，請你彈一首吧。」

「咦？」

「用演奏代替問候。大家也想聽吧？」

聽到依禮奈這麼問，唯獨這次不只那三個人，所有社員紛紛贊同。就像是被充滿期待的許多視線施加壓力，政近點了點頭。

「啊啊，那麼……只彈一首。」

這句話引起小小的歡呼聲。面對眾人給予的純真期待，政近拚命忍著差點抽動的臉頰，坐在鋼琴前面。

（唔～～沒想到突然被要求單獨演奏……要彈什麼呢？）

依禮奈事前分享的演奏會曲目，從知名交響樂到近年流行的J－POP，甚至包括熱門動畫電影的主題曲，各種不同的樂曲排列在清單上。政近在腦海回想這些樂曲，著重於炒熱氣氛所以選了一首動畫主題曲。在輕聲哼唱的同時，手指在大腿上舞動，再將手指放在鍵盤上。然後──

（咦？我是為了什麼而彈？）

手指僵住了。

為了什麼，為了誰而彈奏？當然是為了依禮奈……以及管樂社。

（可是，為什麼？）

為什麼要問為什麼？反問自己內心的這個疑問之後……政近察覺了。

（啊，原來如此。我自己沒有動機。）

在政近的內心，沒有讓依禮奈與管樂社社員聽他演奏的動機。即使有「因為這是約定」這個消極的理由，卻沒有積極的動機。或許因為這樣，所以手指……動不了。

（不不不，沒有動機又如何？無論有沒有動機，總之只要彈下去就好……）

明明這麼想，手指卻動不了。眼前的鍵盤變得模糊，母親的視線在腦中閃現。母親瞪向這裡的憎恨眼神……

（呃，咦？哪一個鍵是「Do」？要從哪裡彈起……）

產生耳鳴。意識被拖進那一天的記憶——

「啊，對了～～」

就這麼將手指放在鍵盤僵住的政近，耳朵傳來依禮奈的聲音。聽到這個聲音回神抬頭一看，不知為何按著額頭的依禮奈搖頭這麼說。

「真是的，我居然這麼大意……叫別人演奏的話必須先從自己開始演奏，我忘記這個原則了……說得也是，如果不知道我們平常的演奏是什麼感覺，久世學弟你也很難發揮對吧？」

「依禮奈學姊……」

依禮奈以裝模作樣的態度這麼說完，轉身看向社員們。

「所以……今天就改成讓久世學弟認識我們！久世學弟去那邊觀摩吧～～」

被依禮奈催促趕走，政近戰戰兢兢坐在牆邊的椅子。社員們即使對於社長突然轉換方針略感困惑，也還是依照依禮奈的話語各就各位。

「嗯，那麼別在意觀摩的人，直接開始吧～～和往常一樣。啊，老師麻煩指揮。老師～～？」

「呼嘎！」

聽到依禮奈的呼叫，坐在窗邊椅子熟睡的女子赫然清醒。

（啊，果然是顧問老師嗎……因為沒人提及，所以我一直裝作沒看見……）

自從政近來到這裡就看到一名女子把頭靠在牆邊睡覺，看來姑且是顧問。此名乍看大約三十歲左右的女子按著脖子起身，視線游移尋找指揮棒。

「啊～～好的好的……我沒睡，我沒睡著喔……」

「不，怎麼看都睡著了吧？」

「不～～我沒睡。對吧？」

「是的老師。」

「說得也是。」

「唔呵呵。」

「看吧。」

「不，大家都太寵老師了吧？」

「是的～～」

「說得也是嗎？」

「唔呵呵。」

社員們都以笑容帶過這個話題時，政近定睛注視忍著呵欠尋找指揮棒的女子。

（不，是顧問……嗎？但是說起來，我不記得在校內見過她……啊，難道是外部的指導員？）

政近如此猜測的時候，女子終於找到指揮棒，看向政近歪過腦袋。

「嗯？今天有人觀摩嗎？在這個時期？」

「老師……上次跟妳說過吧？我找了伴奏的鋼琴手過來。」

「有嗎？嗯～～……」

政近輕輕點頭致意，女子打量了他一會兒後稍微皺眉。但她在政近做出反應之前就移開視線，重新面向社員們。然後在女子拿起指揮棒的瞬間，至今流動著祥和空氣的音樂室竄過一陣緊張感。

「！」

連這邊也差點自然打直背脊的這股氣氛，使得政近也端正坐姿……緊接著，指揮棒開始揮動，樂音之牆迎面撞向政近身體。

（唔，喔……！）

這些人數的演奏，在這種大小的房間與這種距離聆聽。比起至今在音樂廳等場所聽到的演奏是不同次元的魄力，政近受到震懾。

（這，真厲害……依禮奈學姊也好帥……）

一切形成完美調和的合奏，被精湛的高音貫穿。是依禮奈演奏的小喇叭音色。

（好厲害……）

甚至覺得耀眼的大魄力演奏，使得政近閉上雙眼沉浸在樂音的浪濤中。然後在演奏完畢的時候，他自然而然鼓掌了。以依禮奈為首的數人露出開心神情，但老師立刻開始指導所以切換表情。這裡無疑只存在著對音樂注入熱情的人們。

（唔喔喔……好帥。）

政近由衷這麼想。同時……

（我將會……加入嗎？加入這裡？）

讓聽眾全部變得面無表情的我？對音樂不抱熱情的我將會加入？即使依然……沒能揮別那段過去？

「……」

來錯地方了。

聆聽管樂社演奏的政近，靜靜累積著這種想法。

◇

「好的，那麼今天到此為止。解散！」

「「「「謝謝老師！」」」」

到了社團活動結束的時間，擔任指揮與指導的女子像是在說「啊～～累死了」迅速收拾隨身物品之後離開。漂亮地準時下班的這種作風，令政近有點目瞪口呆。

「……總覺得是一位好厲害的人。」

「啊哈哈，第一次看到會嚇一跳吧～～她那樣卻也是相當知名的音樂家喔。啊，順帶一提，她是我們的校友，叫做前老師。前面的前。」

「這還真是……很少見的姓氏耶。」

「沒錯～～……所以，怎麼樣？」

依禮奈這麼問，政近發自內心讚不絕口。

「很厲害。我不曾在這個距離聆聽管樂演奏，但我剛才被震懾了。」

「呼呼～～沒錯吧～～我們社團水準算是很高的。」

依禮奈露出得意表情挺胸，政近向她稍微低頭。

「還有……謝謝妳剛才幫忙解圍。」

「嗯？啊啊……」

依禮奈短暫思考之後，似乎察覺是在說政近中止鋼琴演奏的事，點了點頭。

「因為當時感覺你在困惑……應該說在迷惘，所以我情急之下就插手介入了，如果沒有多管閒事就好。」
「別說是多管閒事……感謝相救。」
「嗯……」
此時，依禮奈瞥向背後的社員們，然後輕聲詢問政近。
「所以，下次之後可以參加練習嗎？」
依禮奈沒詳細詢問隱情，只問是否能夠參加，政近以感謝的眼神看著她含糊點頭。
「總之……應該沒問題，不過……剛才的那是，那個……」
政近在瞬間語塞，然後帶著苦笑開口。
「該怎麼說……究竟是為了什麼在彈鋼琴，我已經搞不懂了……」
政近說出口之後，覺得自己到底在說什麼而覺得丟臉。不過依禮奈只是稍微睜大眼睛，蹲在政近前方頻頻點頭。
「啊啊～～你是需要理由的那種人嗎～～音樂不是目的，而是手段是吧。」
依禮奈意外地表示理解之意，政近不由得抬起頭，然後率直接受她的說法。
音樂是手段。一點都沒錯。對於政近來說，鋼琴只是取悅家人……取悅喜歡的人的一種手段。只是因為母親喜歡，因為妹妹喜歡才彈鋼琴。回想起來……至今或許從來沒有為了演奏音樂而演奏音樂。

「……這種傢伙不適合管樂社嗎？」

自然露出挖苦的笑容，脫口說出自嘲般的話語。政近立刻感到後悔，但依禮奈只有稍微揚起眉角，很乾脆地這麼說。

「嗯？沒這種事哦？」

依禮奈一反預料輕易否定，令政近感到掃興。

「畢竟動機這種東西因人而異。像我明顯算是『覺得快樂就贏了』的類型，不過社團裡也有將熱情傾注於得獎的孩子。」

「這樣啊……」

政近含糊回應依禮奈這段話，忽然在意起話中的內容發問。

「那麼，依禮奈學姊……為什麼要邀我加入？既然覺得快樂就贏了……那麼成員是誰應該沒有太大的關係吧？」

「嗯？因為……感覺和你在一起會誕生新的音樂？啊啊不，抱歉，剛才我說得有點做作了。」

依禮奈立刻否定自己的發言，稍微歪過腦袋之後開口。

「總之，我單純是……這麼想的。聽到你彈鋼琴的那時候，我覺得『啊啊，好想以這個鋼琴伴奏來演奏』。如此而已。」

說到這裡，依禮奈有點害羞地笑了，然後仰望政近的臉繼續說。

「所以總之……以你喜歡的方式發揮就好哦？我也是喜歡才這麼做的。不必胡亂勉強或拘束自己，以你想彈的方式彈奏就好……不過，現在要你這麼做或許很難吧。」

依禮奈在這時候站起來，挺胸露出得意表情這麼說。

「所謂的『音樂』是『以音為樂』。換句話說，只要覺得快樂就贏了。」

「……」

「啊，你剛才覺得這是非常硬凹的說法嗎？」

「……算是吧。」

「吵死了～～！這種貼心的名言佳句怎麼可能要說就有啦！」

政近向氣沖沖「嗚嘎～～」怪叫的學姊露出苦笑，起身之後逃離依禮奈。

沒有實際說出的話語，「音樂是快樂的東西嗎？」這句疑問，政近吞回喉嚨深處。

◇

「那麼，我告辭了。」

「好～～那麼下週見喔～～」

政近向以依禮奈為首的管樂社社員們道別，走出第一音樂室。然後在關門看向走廊前方的時候……發現一個男學生背靠牆壁雙手抱胸。政近立刻假裝沒看見，從這個人的前方經過——的時候，果然被搭話了。

「久世，你果然加入管樂社了。」

「你怎麼在這裡？很閒嗎？」

每次都轉身面對也很麻煩，所以政近只以視線投向雄翔這麼問。雄翔隨即以做作到不必要的動作聳了聳肩。

「多虧某人的關係，鋼琴社因為社員驟減成為半解散狀態了。雖然不到閒的程度，但我有的是時間。」

「說得也是，完全多虧你自己搞砸了。可惜和你不一樣，我很忙的。再見。」

政近說完準備離開，在雄翔正要說些什麼的時候，一旁的門打開，一個熟悉的人物探出頭來。

「咦，總覺得這個組合很稀奇耶。」

「乃乃亞……」

看見乃乃亞從第二音樂室走出來，政近想到「這麼說來今天是輕音社的練習日」。

在察覺的同時稍微窺視乃乃亞身後，也看見似乎是來觀摩的沙也加身影。

「練習結束了嗎？」

「嗯～～算是吧。接下來收拾器材隨便閒聊然後回家～～大概是這種感覺？」

「這樣啊。」

此時，政近好奇將乃乃亞評為危險人物的雄翔會有什麼反應，轉身一看……沒看見任何人。

「咦？」

「雄翔的話剛才不知道跑去哪裡了哦～～？因為我被討厭了～～」

「啊啊，這樣啊……結果那傢伙是來做什麼的？」

聽到乃乃亞隨口說出自己被討厭，政近略感畏懼地輕聲這麼問，然後乃乃亞自暴自棄般回答。

「天曉得～～？不是來聽阿世的鋼琴嗎？」

「啊？不，怎麼可能……」

政近一時之間想要否定，「或許是這樣沒錯」的想法卻忽然掠過腦海，而且不知為何一陣發毛。

（咦，什麼？難道那傢伙對我有什麼執著……？是的話就超討厭了……）

真要說的話是討厭的類型又是男的，就算被盯上也沒什麼好高興的。想到這裡令政近板起臉。然後他搖頭想要甩掉這個想法時，想起有件事必須對乃乃亞說。

「對了，聽說之前艾莉去保健室的時候妳有陪她去？謝謝妳。」

聽到政近道謝，乃乃亞稍微歪過腦袋，然後像是回想起來般「啊啊」回應。

「不是什麼大不了的事情啦。讓身體好像不太舒服的阿哩莎躺在床上之後，我就立刻離開了。」

「這樣啊……不，可是妳幫了大忙喔。順便問一下……」

此時政近將視線瞥向周圍，然後壓低聲音詢問。

「（艾莉身體不舒服的具體理由，妳知道什麼嗎？）」

艾莉莎沒有說明詳細原因，但是政近從她的話語猜測，應該是有人對她說了選戰相關的壞話。

實際上，有希在運動會出馬戰對上艾莉莎獲勝之後，部分的有希狂熱支持者抓準這個機會正在貶低艾莉莎，這個情報也有傳入政近耳中。他們原本就把不再和有希搭檔的政近視為叛徒，至今也一直在說政近的壞話。關於這方面，政近也只是覺得「總之應該有人會這麼說吧」隨便當成耳邊風，但是……

（如果有人對艾莉說壞話害她病倒……絕對不能原諒。）

政近懷著激動卻寒涼的怒氣等待回答，可惜乃乃亞搖了搖頭。

「對不起，我見到阿哩莎的時候，她看起來就已經不舒服嘍～～？所以沒看見在那之前發生什麼事……」

「是這樣嗎……不，妳不必道歉。謝謝……我才要說聲對不起。」

「什麼事？」

「不……」

如果要問道歉的原因，在於政近只因為聽雄翔說了一些有的沒的，就在一時之間懷疑這麼鼎力協助的乃乃亞是犯人……但是這種事不能老實說明。政近含糊其詞的時候，忽然想把剛才要問依禮奈的問題拿來問乃乃亞看看。

「啊啊～～……玩樂團快樂嗎？」

突然轉移話題使得乃乃亞有點疑惑，但她還是很乾脆地點頭。

「還好啦～～畢竟唱歌很痛快，算是快樂吧～～」

「這，這樣啊……」

乃乃亞也在享受音樂。雖然是不經意這麼問，但是對於政近來說，這個事實令他感到驚訝……同時也稍微造成打擊。

（明明乃乃亞也樂在其中……我真是……）

政近稍微消沉之後，表情愈來愈疑惑的乃乃亞輕輕搖晃身體。

「好了嗎？我想去洗手間。」

「啊？這，這樣啊～～抱歉把妳叫住了。」

「我是不介意啦……」

乃乃亞說著踏出一步。

「……不然要一起去嗎？」

「誰要去啊！」

乃乃亞隨口發出驚人的邀請，政近立刻吐槽。然後他看著笑嘻嘻離開的乃乃亞輕輕嘆了口氣，朝著校舍大門踏出腳步。

（不過原來如此……從乃乃亞的角度來看，音樂也是快樂的東西嗎……）

這是政近不知道的感覺。應該說，到頭來……

（我……一直都只有一個人獨自演奏。）

無論是合奏還是樂團演奏，都完全沒有經驗。頂多只曾經和鋼琴老師聯彈幾次，老實說也不記得是否快樂。

（而且……）

剛才在腦中閃現的記憶。超乎自己的想像化為深刻心理創傷的那天記憶，使得政近咬緊牙關……搖了搖頭。

（愈想愈懷疑我是否能成為戰力了……）

政近冷靜地如此分析，然後嘆了口氣。在腦中重現的是接受依禮奈委託的那一天，艾莉莎對他說的話語。

『我認為，你是為了扶持擁有熱情的人，而願意燃燒自身熱情的人。』

『所以……肯定沒問題。只要是你，就可以好好實現名良橋學姊的心願。』

「……」

政近清楚知道艾莉莎沒有施加壓力的意圖。但是艾莉莎表現出來的信賴，管樂社眾人表現出來的期待，對於現在的政近來說是重擔。

（確實，管樂社的演奏很厲害……可以的話，我想成為助力。我是這麼想……）

雖然這麼想，但是關於這次的邀請，他懷疑自己是否擁有足以成為助力的能耐與素質。說起來……在下一次的練習裡，自己真的能夠演奏鋼琴嗎？現在這個時間點連這件事都不曉得。

「看來比想像的還要難……」

政近一邊呢喃一邊轉彎，在看得見大門的時候……和站在鞋櫃旁邊的瑪利亞四目相對。

「哎呀，久世學弟也是現在要回家嗎？」

「啊啊，是的……瑪夏小姐在等艾莉嗎？」

「嗯，她說要去教職員室辦點事～」

「這樣啊。」

像這樣一邊交談一邊走過去之後，瑪利亞若無其事般發問。

「管樂社怎麼樣呢～？」

「……今天感覺只是去觀摩，所以沒什麼感想。」

政近已經猜到瑪利亞會這麼問，所以用這種無關緊要的回答來搪塞，然後說著「那麼明天見」想要走向鞋櫃。

「咦咦～為什麼？回家的途中一起走啦～艾莉就快來了，好嗎？」

被這張非常純真的笑容叫住，政近內心苦笑。

「不，今天——」

「啊，對了對了。在今天的學生會，茅咲她真是的～超好笑的～」

（開……開始說了……）

瑪利亞看起來真的很快樂，想和政近分享學生會發生的事。面對這張無瑕的笑容，政近也不敢貿然說出「我要回去了」這種話，不得已決定站在瑪利亞身旁陪她聊。

「然後啊，會長就說了！『這不是莊周夢蝶！』這樣。」

「啊哈哈……」

政近隨口附和瑪利亞的話題，不過……

「所以……實際上，在管樂社發生了什麼事嗎？」

「嗯？」

在政近鬆懈下來的時候，瑪利亞突然轉換話題。對此，政近也冷不防地完全中招。瑪利亞注視他僵住的側臉，露出慈祥的微笑。

「發生了什麼事吧？久世學弟，總覺得你表情悶悶不樂。」

「……」

瑪利亞像是看透又包覆一切的這雙視線，使得政近就這麼看著前方沉默片刻……然後嘆口氣認命了。

「只是實際感受到管樂社多麼厲害……我沒什麼自信能夠好好表現。」

政近沒說明詳情，只簡潔告知事實。對於儘可能藏起自身軟弱的這段回答，瑪利亞像是察覺一切般，朝著政近的頭伸出手……瞥向周圍的人影有所顧慮之後，改為輕拍政近的肩膀。

「不可以過於逞強哦～～？管樂社的人們都練習了很～～久很久。沒辦法立刻跟上這些人是理所當然的。」

「……哎，話是這麼說沒錯啦……」

「沒錯喔～這種程度的事，依禮奈學姊當然也知道。就算沒辦法從一開始就表現得很好，也沒有任何人會對你失望。」

「！」

聽到瑪利亞這麼說，政近身體一顫。「沒有任何人會失望」這句保證，像是福音般在政近內心響起。

艾莉莎的信賴。管樂社的期待。覺得必須好好回應，不知不覺在自身內部累積的壓力，感覺像是突然釋放開來。

（原來如此……我是在害怕別人對我失望嗎……）

仔細想想，從以前就是這樣。必須回應爺爺的期待，回應母親的期待。覺得不能背叛這些期待，下意識地將自己逼入絕境。

連自己都沒察覺的這份不安被拭去之後，政近稍微露出笑容。看到這張笑容，瑪利亞也安心般笑了。

「不必凡事做到完美也沒關係的。以自己的方式拚命努力就好……如果就算這樣還是很難受，要逃避也可以哦？到時候我會好～～好安慰你。」

「啊哈哈……那真是可靠耶。」

政近心想「要是變成這樣，以各種意義來說都完了吧」，同時真心一笑。就在他輕輕放鬆肩膀力氣的時候……

「話說久世學弟？你為什麼從剛才就在看旁邊？」

瑪利亞這個疑問狠狠插在政近身上。臉頰感受到瑪利亞的視線，對話時一直面向前方的政近，滑下一道汗水並且若無其事般回答。

「不，我只是在看艾莉會來的方向……」

「……為什麼堅持不看我這裡？」

「沒這回事啊？」

政近說著轉過頭來，但是一看見身穿制服的瑪利亞……前天的瑪利亞酩酊騷動還是免不了在腦中閃現，政近迅速移開視線。

「……為什麼移開視線？」

「沒有啦，因為有蟲子在飛……」

「明明快要冬天了吧？」

「就算是冬天，蟲子還是會飛喔，反倒還會群聚。搖蚊有夠煩的對吧？尤其要是去水邊——」

「……前天果然發生了什麼事嗎？」

全力想要轉移話題的時候被切入核心，政近說不出話。似乎是從這個反應察覺自己猜對了，瑪利亞眉角下垂。

「果然是這樣……」

「那個……」

前天瑪利亞清醒的時候，是謊稱「妳喝醉之後馬上就睡著了」，瑪利亞也暫且接受這個說法……不過瑪利亞似乎也覺得某些事不對勁。是什麼事呢？她是覺得什麼事不對勁才這麼問呢？在政近動腦推理的時候，面前的瑪利亞像是感到歉意，扭動交握的雙手解釋。

「那個，對不起哦？平常我都會避免吃到含酒精的點心，至今……都不曾在家裡以外的地方失去記憶，不過前天因為有你與依禮奈在場，所以一時大意就……」

解釋的內容聽在政近耳裡大致可以放心……但是有一點令他在意。

「妳曾經在家裡失去記憶嗎？」

「……好，好幾次吧？每次艾莉都大罵我一頓……」

「妳做了什麼事嗎……」

「我，我自己不記得……不過我只要喝醉，好像就會纏著艾莉不放……」

瑪利亞雙手按著臉頰左顧右盼，揚起視線看向政近的臉。

「所以，那個……想說當時是不是也有纏上你……」

「……」

對於瑪利亞的問題，政近視線向上開始思考。

（當時那樣……可以形容為被纏上嗎？哎，總之感覺是在物理層面被纏上……）

被抱住腹部或是手腳，被拖倒在沙發上，最後還被騎在身上——

「唔嗯！」

妨害風化的光景浮現在腦海，政近反射性地清了清喉嚨。瑪利亞對此嚇了一跳，開始驚慌失措。

「果……果然嗎？我做了什麼嗎？」

「請，請冷靜。現在旁邊有人。」

不時看得見正要放學回家的學生，政近以視線示意，壓抑聲音警告。此時瑪利亞似乎察覺自己太大聲，露出驚覺不對的表情「啪」地雙手摀嘴。然後在戰戰兢兢觀察周圍的瑪利亞面前，政近思考要告訴她本人多少真相。

（不，可是現在這樣，乾脆全部老實說出來才有誠意吧……）

這種想法掠過腦海，但他立刻消除。

（不，我哪敢說啊！赤裸上半身騎在男生身上！這種事說出來還得了！瑪夏小姐的羞恥心會過熱到失神吧！）

而且……要是誠實說到這種程度，會懷疑該如何從這個狀況回復為原狀。基於緊張感或罪惡感而以各種意義來說可能沒命的復原工作浮現在腦中，政近用力咬緊牙關。

（不，因為……這也是沒辦法的。畢竟當時不知道什麼時候有誰會來學生會室，不知情的人看見那個狀況只會招致誤解……尤其像是更科學姊前來的話，輕易就能想像她強行破門之後重設我的人生！）

即使像這樣在內心辯解，也難免留下內疚。這份內疚輕鬆勝過對瑪利亞說謊所感受的內疚，結果……

「總之……我被抓住手臂，被拖倒在沙發上？確實算是稍微被纏上吧？」

政近選擇的是全力搪塞。反正她沒有記憶吧？只要說出部分真相，剩餘的部分就可以徹底隱瞞了，哈哈哈……這個如意算盤似乎打得太響了。

「真的……只有這樣？」

瑪利亞像是得到某些確信，再度詢問政近。但是就算這樣被問，政近的回答也沒有改變。

「只有這樣沒錯，發生了什麼事嗎？」

「因為，那個……」

政近裝傻回答，瑪利亞支支吾吾窺視周圍，稍微踮起腳尖將嘴巴湊到政近耳邊。然後她伸手擋在嘴巴旁邊，害羞般以俄語輕聲說。

【那個，我的內衣……歪掉了。】

「！」

【我覺得，正常抱住的話不會變成這樣……那個，我該不會……】

從單一物證深入推理到出乎意料的程度……政近一時之間視線游移。

「嗚，嗚嗚嗚嗚～～」

瑪利亞不再踮腳，以雙手護住胸部之後鼓起臉頰，臉蛋逐漸變紅。政近見狀也心想「糟了」，但是為時已晚。

【嗚哇啊啊啊！我除了阿薩沒辦法嫁給任何人了啦～～！】

「咦，等等……」

還以為會挨耳光，瑪利亞卻一個轉身沿著走廊跑走。

【我絕對要你娶我～～——！】

「這種放話是怎樣？」

政近在吐槽的同時也連忙追過去，但是瑪利亞跑進去的地方是……女廁。

「慢著，意外地冷靜耶？」

多虧這樣，總覺得連這邊也冷靜下來，政近站在女廁前面吐槽。

一般來說，這種狀況不是應該迎風奔跑到上氣不接下氣嗎？但是以逃走來說，這比起不顧一切奔跑確實有效許多。

事實上，瑪利亞這種做法強烈表現出「不要理我」的意志，政近也想不到什麼因應之道。加上路人的疑惑視線刺得好痛，所以政近垂頭喪氣離開女廁前方。

（那個……可以就這麼扔下瑪夏小姐回去嗎……不，但也不方便在這裡等……）

政近就這樣回到原本的場所，交互看著鞋櫃與女廁門猶豫不決。此時，一個聲音從背後叫他。

「政近同學……？怎麼了？」

轉身一看，艾莉莎疑惑般看著這裡。她的藍色眼眸明顯浮現「總覺得你剛才在看女廁的方向？」的猜疑神色。

「不，只是因為女廁那邊發出很大的聲音所以看了一下。」

對此，政近面不改色脫口撒謊。艾莉莎繼續以懷疑的眼神注視他的臉數秒，然後靜靜環視周圍。

「……沒看見瑪夏嗎？她應該在這附近等我才對……」

「天曉得？或許真的……」

去了廁所吧？政近沒說出口，以視線表達這個意思。艾莉莎的眼神溫度因而下降，但還是轉身背對校舍門口。

「總之，在這裡等應該遲早會來吧。」

「唔唔……」

「什麼事？」

「沒事……」

妳要是待在那裡，瑪利亞反而不方便出來吧？政近將這句話吞回肚子裡，慢慢走向鞋櫃。

「那麼，明天見……」

「咦？回家的途中一起走啦。關於今天的學生會，我也有話想跟你說。」

「既視感……」

「？」

「不，沒事。」

於是政近聳肩回到艾莉莎那裡。和數分鐘前截然不同，這次是在艾莉莎身邊等瑪利亞。

（為什麼變成這樣？）

政近在內心歪頭納悶。到了這種地步，無論如何都必須讓艾莉莎離開這裡……他如此心想。此時……

「管樂社那邊怎麼樣？」

這同樣有既視感。和姊姊相同的這個問題引得政近稍微苦笑，說出和瑪利亞談過之後，如今毫不虛假的真心話。

「老實說，我原本擔心自己幫得上多少忙……總之，我會試著放寬心努力看看。」

「……這樣啊。」

大概是察覺政近的回答沒有說謊，艾莉莎視線稍微下移，然後看著前方發問。

「管樂社的人們怎麼樣？相處得來嗎？」

「啊啊……感覺有個性的人滿多的，不過還可以吧。」

政近掛著沒有負面情感的些微苦笑如此回答。

「是喔，你覺得可以玩得快樂就好。」

然而艾莉莎不經意回應的這句話，令他忍不住晃動肩膀。

「政近同學？」

而且被這麼敏銳盤問，政近將視線移往毫不相關的方向。

「……」

艾莉莎的視線刺在政近臉頰。即使如此，政近依然裝作不知情，艾莉莎隨即輕聲嘆氣呢喃。

【真是拿你這個人沒辦法。】

混雜著傻眼與容許的這句話，令政近內心在感謝的同時萌發歉意。就這樣皺眉苦惱數秒之後，政近認命開口。

「其實……我玩音樂的時候很少覺得快樂……」

感覺艾莉莎抬起臉看向這裡。政近就這麼沒看向她，搔了搔腦袋說下去。

「因為對我來說，鋼琴不是興趣，是才藝……所以老實說，我不知道是否能彈得快樂。何況我根本不曾和別人一起演奏……」

政近一邊慎選言辭，一邊坦承自己的不安，然後輕輕聳肩。此時艾莉莎忽然一把抓住他的右手。

「？」

「走吧。」

朝艾莉莎投以疑問視線的同時，政近被不容分說地拉著走。

「咦，要……要去哪裡？」

政近就這麼被拉著手匆忙踏出腳步，艾莉莎沒回答他這個問題，在走廊迅速前進。就這樣承受路過學生好奇視線抵達的地點，是第二音樂室。

「咦？政近與艾莉同學？」

剛好走出音樂室的毅，看向兩人之後歪過腦袋。周圍的新生Luminouz四名成員，以及前來觀摩的沙也加，也看向兩人露出疑惑表情。但是艾莉莎不在意這些視線，在他們面前停下腳步，依序注視乃乃亞、沙也加、毅與光瑠然後開口。

「這樣正好。方便借點時間嗎？」

「咦，啊啊，可以啊……？」

毅觀察其他人的表情，代表眾人如此回答，艾莉莎隨即點頭。

「謝謝。那麼雖然剛收拾完畢不太好意思，不過可以請各位再度準備樂器嗎？」

「嗯？樂器？」

「是的。對不起。鍵盤與貝斯也可以借一下嗎？」

「咦，啊啊，可以是可以啦……」

艾莉莎以正經的表情真摯請求，大概是懾於她的氣勢，六人即使困惑也沒特別抱怨，開始準備樂器。雖然沒人能理解狀況，然而眼下卻也不是能發問的氣氛，只能默默進行準備。

「那個，準備好了……」

「謝謝。」

然後，艾莉莎瞥向同樣完全沒能理解的政近臉孔，光明正大地宣布。

「這是只限一首歌的Fortitude復活演唱會。不過，主唱由我與乃乃亞同學擔任雙主唱，請政近同學擔任鍵盤手。」

「喔咦？」

艾莉莎出乎意料的這段宣言，令政近驚叫出聲。大概是這一聲引起注目，還留在室內的其他輕音社社員聚集過來湊熱鬧。

「曲目就選《夢幻》沒問題吧？那麼事不宜遲立刻開始吧。」

「不不不，等一下！」

艾莉莎不容分說主導進行，政近忍不住開口制止。但是艾莉莎只以視線瞥了一眼。然後冷淡這麼說。

「怎麼了？你會彈吧？」

「沒有啦，都看過那麼多次了，我想應該會彈吧！但現在不是這種問題——」

「那麼，快點準備吧。」

艾莉莎一口打斷政近的抗議，然後面向乃乃亞。政近沒能朝她的背繼續說些什麼，此時拿著吉他的毅像是滿懷期待般笑了。

「哎呀～～真的假的？沒想到可以再度和這群成員一起表演……」

「毅？抱歉打斷你的興奮心情，不過這裡有個第一次參加的傢伙耶？」

「別這麼說，畢竟這是團長的命令。做好心理準備吧，政近。」

「連光瑠都這樣，為什麼這麼興致勃勃？」

「這樣很不識趣喔，政近同學。再來只需要以樂器對話就好。對吧？」

「對什麼對啊，沙也加妳這個廚二病。」

其他成員也不知為何躍躍欲試，政近冷靜吐槽之後，和艾莉莎討論完畢的乃乃亞，轉動拿著麥克風的手這麼說。

「好了好了，既然事情演變成這樣，只要覺得快樂就贏了吧～～」

乃乃亞隨口說出的這句話，令政近睜大雙眼。

然後他恍然大悟般看向艾莉莎的背，艾莉莎轉頭隔著肩膀向他開口。

「準備好了嗎？那麼——」

接收到艾莉莎的視線，光瑠將鼓棒喀喀敲響。見狀的政近雖然在瞬間困惑，還是以半豁出去的心態做好心理準備。

（呃，呀～～！啊啊～～真是的！順其自然吧！）

政近在一瞬間從記憶裡喚醒譜面以及乃乃亞彈奏的模樣，然後敲打鍵盤。

鼓聲奔馳，吉他與貝斯奮勇躍動，艾莉莎與乃乃亞的雙主唱從正中間高速穿越。如同要追著這個背影，政近也讓大腦與手指全力運作。

為了什麼而彈，為了誰而彈，這種事甚至沒有餘力在意。過去的記憶根本沒有甦醒的餘地。拚命、不像樣又七零八落的演奏。

（啊，彈得太用力了。這是怎樣，好悽慘的演奏。）

相較於至今所參加每一場演奏會的演奏，這場演奏的完成度都是壓倒性的低。過於悽慘，總覺得已經想笑了。說到哪裡好笑，就是明明在進行這麼悽慘的演奏，整體聽起來卻莫名覺得不差。

和聲有時候怪怪的艾莉莎與乃乃亞雙主唱，不時走音的毅的吉他，鈸聲很容易特別明顯的光瑠爵士鼓，各處莫名表現獨特風格的沙也加貝斯，甚至是觀眾打節拍的掌聲與歡呼聲，這一切變得渾然一體，打造出獨一無二的音樂。

「啊！哈哈哈！」

回過神來，政近發出笑聲了。這是在演奏中輕易就被蓋過的小小笑聲。但是艾莉莎就像是聽到這個聲音般，視線瞥向政近。

『如何？快樂嗎？』

對於這雙視線隱含的詢問，政近以蘊含感謝的視線回應。

『啊啊……很快樂。』

不知道這個意思是否有傳達，艾莉莎忽然移動視線，重新面向前方高聲歌唱，準備進入最後的副歌。

「Благодаря тебе, Аля（都是託妳的福喔，艾莉）.」

政近朝著她的背影低語，以滑音進入最後的副歌。政近展現的即興演奏，使得其他成員也像是被感染般奏響樂器。

彷彿在純白的圖畫紙上，各自以自己顏色的油漆恣意揮灑。就是這麼自由、隨意又快樂無比的演奏。觀眾是湊巧位於這裡的十幾名輕音社社員。

規模與完成度都和秋嶺祭的演唱會完全沒得比，只限一首歌的復活演唱會。然而，Fortitude六人齊聚的第一場暨最後一場演唱會，在比起秋嶺祭演唱會也毫不遜色的熱鬧氣氛中閉幕。

……此外，在十幾分鐘後。

和興奮情緒尚未降溫的樂團成員一起踏上歸途的艾莉莎與政近，在鞋櫃前面發現獨自抱膝枯坐的瑪利亞，心情變得非常尷尬……不過這就是另一個故事了。

第8話 交誼

「……我說啊，總覺得事到如今開始超緊張了。」

毅仰望艾莉莎住的公寓，以偏尖的聲音這麼說。

艾莉莎生日當天。和毅與光瑠會合一起來到這裡的政近，傻眼看向不自在地搖晃身體與視線的毅。

「受邀的賓客又不是只有我們，不需要這麼緊張吧？」

「哎呀～～因為，如果我記得沒錯，這是我第一次到女生家……」

「這種事，我也和你一樣啊……」

政近回溯記憶這麼說，毅隨即瞪了過來。

「少騙人了，反正你這傢伙應該去過周防同學家吧？」

「啊啊……總之，那個不算……」

「怎麼可能啦！能夠不算的頂多只有親戚家吧！」

是親戚沒錯。不只是親戚還是家人。政近不能揭露這個真相，只好聳了聳肩。毅隨即像是在說「沒人和我同一國」般怪叫抱頭。
「啊啊啊～～要是不小心失禁怎麼辦？話說男生到女生家可以借用廁所嗎？」
「可以吧？但我能理解這種畏縮的心情。」
「嗚嗚～～我還是很在意，所以去那邊的便利商店借一下廁所吧。包包可以幫我拿一下嗎？」
「咦？哎，好啦。」
政近接過毅的包包，目送他快步前往便利商店的背影。
「……那傢伙，打算在慶生會的時候一直忍著不上廁所嗎？」
「哈哈，不過真要說的話很像毅的作風。」
和光瑠相視稍微露出苦笑的時候，遠遠看見身型熟悉的雙人組走向這裡。
「唔……？那個是會長與更科學姊嗎？」
「嗯？啊啊，或許吧。」
眯細眼睛注視這兩個人影，像是統也的高大人影輕輕揮手。政近點頭回應之後，人影逐漸接近，清楚看得出是統也與茅咲。理所當然般和茅咲牽手前來的統也，向政近輕輕舉起手。
「喔，久世你真早啊。怎麼待在這種地方？」

「會長好。沒有啦，我在等朋友。」

光瑠也加入一起打招呼的時候，毅從便利商店回來……一看見統也與茅咲，他頓時停下腳步。

「喔喔，記得你是丸山嗎？姑且算是初次見面吧？」

「啊，您好……敝姓丸山。」

被統也搭話，毅一副畏縮的模樣低頭致意。然後他匆忙來到政近與光瑠這裡，略顯顧慮地仰望兩人。

「不，進屋之前就在這裡緊張又能怎樣？」

「就算你這麼說，但他們在我心目中高不可攀……」

「這麼誇張嗎？哎～畢竟他們兩位都比你高。」

「不是說身高啦！」

毅俐落地輕聲吐槽，統也快活一笑。

「哈哈哈，你說得真風趣啊。如果要說高不可攀，久世不也曾經是國中部的學生會副會長嗎？」

「這個嘛，是沒錯啦……」

「我在立場上也和久世差不多，所以不用這麼緊張。我和茅咲不一樣，不會把人抓起來吃掉。」

「我也不會抓起來吃掉啦！不過會抓起來做掉！」

「這是哪一種拷問？啊，還是不要說明比較好。」

政近忍不住吐槽，然後立刻收回前言。眾人就這樣一邊交談，一邊走向公寓大門。穿過入口的自動門，站在對講機前面，不經意面面相覷。

「……會長，您來按嗎？」

「不，這裡由你按比較好吧？畢竟你和九条妹的交情最好。」

其他三人似乎也是相同意見，所以政近代表大家輸入住戶號碼，按下對講機。然後在鈴聲響兩次的時候發出「噗滋」的接通聲，傳來艾莉莎的聲音。

『歡迎光臨。請進。』

隨著這個聲音，通往門廳的門開啟。通話在這時立刻結束，政近等人踏入公寓。

「毅，你終究也太緊張了吧？」

等電梯的時候，背後傳來的聲音引得政近轉身一看，光瑠略帶苦笑注視著明顯靜不下心的毅。低頭看著他的統也也有點為難般一笑，然後輕拍毅的肩膀。

「是啊，放鬆一下吧，丸山。」

「不，就算您這麼說，會長……艾莉同學的父親是俄羅斯人耶？仔細想想，日本的禮節也可能會違反禮節……」

「就說你太在意了，毅。伯父在這方面也很明理所以沒問題的，艾莉曾經這麼說過啊？」

「艾莉同學是這麼說沒錯啦……不過一般來說，父親對女兒的異性朋友都會比較嚴厲吧？」

這番話令政近僵住了。他很快就想到確實有這個可能性。但電梯在這時候下來了，所以政近佯裝平靜進入電梯。

「話說政近，關於艾莉同學的父親，你知道什麼情報嗎？記得你有說你見過她母親吧？」

「三方面談的時候湊巧有見過。不過終究沒見過她的父親，也幾乎沒聽她說過……只知道叫什麼名字。」

「為什麼反倒知道名字？」

「唔，這是因為……」

正要回答光瑠問題的時候，電梯到達目標樓層，政近先禮讓其他人再走出電梯。

「那個，要往哪邊走？」

「這邊是一號室，所以應該是那邊吧？」

統也與茅咲說著踏出腳步，政近一邊跟著兩人，一邊向光瑠說明。

「俄羅斯人的中間名，是從父親的名字來取的。簡單來說，兒子的中間名是以父親的名字加上維奇，女兒則是加上夫納。不過嚴格來說，好像會依照名字出現艾維奇、奧維奇、艾夫納、奧夫納等各種變化……）

「是喔～～也就是說……既然艾莉同學是米哈伊羅夫納，所以是米哈伊羅先生？」

「不，應該是米哈伊爾。」

「啊，原來如此。」

「總之因為這樣，所以我只知道名字……」

統也與茅咲在這個時候停下腳步，轉身看向政近。仔細一看，兩人前方的門牌寫著「九条」。

「……啊，我來開門是吧。」

被學長姊以視線催促，政近走到門前。此時，茅咲朝著似乎還在緊張的毅搭話。

「丸山學弟，你還在緊張嗎？就說沒問題了。如果無論如何還是會緊張，只要把對方當成番茄就好。」

「如果要這麼說，我覺得應該是當成馬鈴薯吧……總之，我會努力看看。」

「嗯嗯，無論是遊民、總統還是重刑犯，只要打下去都一樣會噴出紅紅的東西。這樣想就什麼都不恐怖了吧？」

「嗯，有這種想法的更科學姊好恐怖。」

「丸山學弟……要對自己的戰鬥力抱持絕對的自信，而且，想殺隨時都殺得掉的這份確信，可以讓內心變得從容哦？」

「我並不是戰鬥民族……」

（嗯～既然門牌是九条，那麼夫妻並不是不同姓嗎～～這樣啊～～）

政近全力假裝沒聽到背後的危險對話，按下對講機。接著門立刻開啟，艾莉莎探出頭來。

「歡迎光臨。謝謝你們過來。」

「喔喔，我們才要謝謝妳的邀請。艾莉，生日快樂。」

「謝謝。」

艾莉莎側身讓出空間，所以政近經過她身旁進入玄關，而且在走上玄關的位置有一名似曾相識的和藹女性。是艾莉莎的母親曉海……以及……

（慢著，好高大！）

站在旁邊的高大男性，令政近差點瞠目結舌，幸好在最後一刻控制住。

「……」

那藍色眼眸目不轉睛注視這裡，和艾莉莎相同卻隱含嚴肅光輝。政近抬頭看向這雙眼眸。

好高大。身高至少超過一九〇公分，說不定將近兩公尺。而且身體厚實，脖子也很粗，下顎也很方正。在體格的襯托之下，容貌本身非常工整。即使有人說他是國外知名的動作片演員也會相信……但也因為工整，所以只要緊閉嘴唇就相當恐怖。

（不，為什麼板著臉？是來歡迎我們的……對吧？）

不由得冒出這種疑問的瞬間，毅剛才的話語在腦中復甦。

『一般來說，父親對女兒的異性朋友都會比較嚴厲吧？』

背部滑下一道汗水。這時候的政近腦中……不知為何出現一個像是神明般身穿白袍的小小知久。

『呵呵呵，沒事的，政近。俄羅斯人原本就很少笑的啦。就算看起來板著臉，也並不是在生氣的啦？』

（真的嗎，爺爺？話說為什麼語尾是「的啦」？）

政近一邊向腦中的神明知久（？）吐槽，一邊相信這個說法從不到一秒的僵直狀態回復，露出笑容向曉海打招呼。

「打擾了。好久不見。」

「歡迎光臨～～好久不見～～啊，外套可以掛在那裡嗎？」

「啊，好的。」

政近內心冒出「咦？既然會在這裡脫掉，那就不必特地買西裝外套了吧？」這個想法，將外套掛在牆邊衣架。就這樣在受邀穿上拖鞋時，關上門的艾莉莎站到曉海身旁。

「為大家介紹。這位是我媽，然後這位是我爸。」

「我是曉海。久世小弟以外的各位初次見面，今天請放輕鬆好好玩哦？啊，這位是我的丈夫米哈伊爾。」

被曉海這麼介紹，至今板著臉保持沉默的艾莉莎父親開口了。

「……歡迎。」

他以低沉聲音說出一句殘留少許生硬感的日語。表情同樣是嚴肅的撲克臉。

（沒……生氣嗎？這樣沒生氣？真的？）

完全不同於和藹妻子的冷酷丈夫，不只是政近感到困惑，大家聽到米哈伊爾的問候之後，都只有略感猶豫地回以「啊，不會……」或是「打擾了……」等話語。清楚看得出所有人面對米哈伊爾充滿壓迫感的站姿感到畏縮。

「（……沒問題，搞得定。）」

另一方面，總覺得好像聽到一旁注視米哈伊爾的茅咲說出危險的呢喃，但是政近在這方面果然決定裝作沒聽到。肯定是能以面帶笑容的問候搞定的意思吧。嗯。

「為爸媽介紹，這位是久世同學。在班上坐我旁邊，在選戰是我的搭檔。」

「啊，您好。」

被艾莉莎這麼介紹，政近重新向曉海打招呼。然後他在內心偷偷注入幹勁站到米哈伊爾前方，米哈伊爾隨即默默低頭看向政近。

「……」

（不，真的超恐怖的！）

或許是因為艾莉莎介紹說「是我的搭檔」，不經意覺得壓迫感變強了……的樣子。即使如此，政近表面上還是維持笑咪咪的表情，說出「初次見面，平常總是受到艾莉莎同學的照顧了」這句通用的問候，然後米哈伊爾默默伸出右手。

（啊，握手嗎？）

政近在瞬間察覺，握住米哈伊爾伸過來的手——

（喔？）

手被出乎預料的強大力氣握住，政近眉頭不禁抽動。

（怎……怎麼回事？難道這是漫畫常見，面帶笑容把手捏爛的那種場面嗎？）

政近看見手被握得軋軋作響的幻象時，神明知久再度出現在腦中。

『呵呵呵，政近你想太多的啦。俄羅斯人握手本來就比日本人用力的啦。』

（真的嗎？沒有別的意思嗎？真的假的？）

對於腦內知久的解說，政近懷疑不知道有幾成正確，但是如同證明知久的說法，米哈伊爾沒有繼續增強握力，很乾脆地放開手。

「可以請你們先進去那裡嗎？瑪夏、沙也加同學與乃乃亞同學也在裡面。」

「啊，好。」

然後在艾莉莎催促之下，政近稍微點頭致意之後，走向艾莉莎指示的方向。經過走廊開門一看，門後是寬敞的客廳，輕鬆地坐在沙發上的瑪利亞、沙也加與乃乃亞轉身看過來。

「啊，久世學弟歡迎光臨～～」

「晚安。」

「阿世辛苦了～～」

「打擾了……妳們兩位來得真早。」

政近一邊走過去，一邊迅速瞥向沙也加與乃乃亞的隨身物品。確認兩人也帶著疑似艾莉莎生日禮物的物品之後，為求謹慎輕聲詢問。

「妳們什麼時候要送禮物？如果已經決定，我也想配合妳們……」

回答這個問題的不是沙也加或乃乃亞，是瑪利亞。

「禮物會在吃完飯端出蛋糕的時候送。」

「啊，原來如此。」

政近理解的時候，其他人也陸續從玄關前來，所以暗中分享這個情報給他們。

「還差有希與綾乃嗎……」

瞥向牆上的時鐘確認，距離慶生會開始的下午六點還剩下十幾分鐘。總是提早時間從容行動的有希這次有點慢，政近在內心納悶。

（哎，畢竟是坐車過來，說不定是塞車或迷路吧……）

即使這樣說服自己，過了五分鐘之後，兩人還是沒來。直到距離六點的短短三分鐘前，門鈴終於響了。

「她們兩人這次算是晚到吧？」

目送艾莉莎親子前去應門的茅咲這麼說。政近表示同意的時候，傳來玄關大門開關的聲音，不久之後客廳的門打開了。

「？」

不過位於門後的只有綾乃。身後是剛才應門的艾莉莎以及她的父母。在政近冒出問號的時候，綾乃鞠躬致意。

「各位，抱歉在下來晚了。」

「哎呀，沒關係哦～～？現在才……啊，剛好六點了。」

「謝謝您貼心這麼說。然後，關於有希大人……其實因為臨時有一件實在推不掉的急事，所以非常抱歉，請原諒有希大人今天缺席。」

「咦？」

臨時取消參加朋友的慶生會。不像有希會做的這個行動，終於令政近忍不住發出聲音。此時瑪利亞立刻按著臉頰開口。

「哎呀～～有希居然會這麼說，看來是有非常要緊的事情要忙耶～～」

聽到這句話的政近也回過神來，立刻幫有希與綾乃緩頰。

「說得也是。難道妳壓線趕到也是這個原因嗎？」

「……是的。」

「這樣啊，很辛苦吧。哎呀～～有希也很遺憾吧，那傢伙明明很期待的說。」

政近不經意強調有希並非自願這麼做，理解這個意思的乃乃亞點頭回應。

「哎，畢竟呦希家裡的狀況很特殊，應該會有一些我們想像不到的急事要處理吧。對吧～～」

緊接著，其他人也紛紛說出「雖然可惜卻也沒辦法」的感想。加上艾莉莎自己似乎也沒壞了心情就同意這個說法，所以幸好氣氛沒變差，眾人接受了有希的缺席。

政近對此暗自鬆了口氣，並且悄悄詢問綾乃。

「（所以，發生了什麼事？）」

自家人的話應該肯說出急事的內容吧。政近如此判斷而發問……但是一反預料，綾乃像是略感抱歉般低頭。

「（非常抱歉。即使是政近大人也不方便說明。）」

「（喔，嗯……？這樣啊……）」

即使有點吃驚，政近還是只能罷休。剛好在這個時候，艾莉莎說話了。

「那麼，差不多就開始吧……」

今天的主角開口，所有人向她行注目禮。承受眾人視線於一身，艾莉莎鞠躬致意，感觸良多般環視聚集的成員，然後輕盈露出花朵般的笑容這麼說。

「謝謝各位今天為了我的生日聚集在這裡。如果各位直到最後都玩得開心，我會很高興的。」

政近對她的話語報以熱烈的掌聲。

「艾莉生日快樂！」

「生日快樂！」

「生日快樂。」

祝福與掌聲沸騰全場，在艾莉莎的害羞笑容中，艾莉莎的慶生會開始了。

◇

（啊啊，沒錯沒錯，就是這個味道。總覺得好懷念……）

所有人就座，慶生會開始約三十分鐘後，桌上擺了好幾道艾莉莎請曉海幫忙完成的料理。在這樣的狀況中，政近面對艾莉莎親手製作的羅宋湯，陷入奇妙的感慨。

放暑假前，為了感冒病倒的政近，艾莉莎做了羅宋湯。和當時不同的是加了牛肉，食材好像也稍微換過，卻同樣是其他地方吃不到的獨特酸甜滋味。

（嗯，好喝。）

就這樣將碗裡的羅宋湯喝完時，旁邊靜靜遞過來一盤裝得滿滿的料理。

「謝謝……」

政近稍微低頭致意，抬頭瞥向身旁這個人，隨即看見該處是一如往常充滿壓迫感的撲克臉。一如往常完全不說話。但是從剛才就勤快幫忙分裝料理。

（欸，這是怎麼回事？是在歡迎我嗎？還是在給我考驗？是「不吃我給的料理嗎」

這種場面嗎？）

雖然像是求助般將視線掃向周圍，但是同桌的瑪利亞與曉海專心聊天，綾乃默默吃著義大利麵。

（為什麼變成這樣……）

政近斜眼看向快樂熱鬧的隔壁桌，在表情底下暗自嘆息。

說到為什麼變成這樣，最大的原因在於座位分成兩桌。原本就因為人數共有十二人之多，只有餐桌的位子實在不夠，所以另外在沙發組旁邊擺放折疊式的矮桌，周圍排列抱枕與座墊，準備了席地而坐的座位。

然後，艾莉莎坐在餐桌座位的生日主位。父母坐在她兩側，曉海旁邊是綾乃，米哈伊爾旁邊是政近，另外七人坐在席地座位，慶生會以這個狀態開始。在這個時間點，政近就正直冒出「真的要坐在伯父旁邊嗎」的想法……但是如果要從中挑選兩人，政近自己也隱約覺得應該會是自己與綾乃坐這裡，這部分算是接受了。問題在於……原本坐在餐桌座位的艾莉莎，在幾分鐘前和瑪利亞換位子去了席地座位那裡。

（哎，畢竟因為是主角？照道理應該和參加的所有人交流接受祝福吧。）

政近理解這個道理。看著在朋友們中間開心微笑的艾莉莎，政近也很開心……明明是這樣才對，但是旁邊的伯父實在很恐怖。而且伯父接連端料理要他吃，肚子已經很撐了。

（我想想，這是俄式酸奶燉牛肉嗎？我知道這個名稱，卻是第一次吃……）

政近以湯匙舀起白褐色奶湯裡的蘑菇與牛肉送入口中。咀嚼一反預料的柔軟牛肉，略感意外而動起眉頭。

（嗯嗯？因為叫做酸奶燉牛肉，我一直以為是有更大肉塊的肉類料理……不過該怎麼說，就像是炸絞肉排的絞肉？不，反倒應該是醬燒漢堡排……？）

無論如何，確實是很有飽足感的料理。這麼一來，即使吃得完現在這份，再來畢竟會很撐。何況之後還有蛋糕所以更不用說。

（所以終究得拒絕才行了，不過……）

這有點恐怖。不時豪邁地端出大份料理的鄰座米哈伊爾先生，政近猜不到他的意圖所以很害怕。

政近在幼年時期被寄望成為外交官，所以曾徹底接受溝通能力的鍛鍊與實踐。基於這段經驗，政近知道測試溝通能力有多麼重要，也知道世間幾乎所有人都是使用話語就能溝通。因此只要有心，無論對方是充滿威嚴的重磅政治家、具有領袖氣質的大企業社長，或是洋溢閃亮氣息的超級現充，政近都能面帶笑容搭話，也有自信能夠結下一定程度的交情。

不過就算做得到，想不想做是另一個問題。就算能面帶笑容搭話，若問內心是否不會害怕，倒也沒有這種事。何況政近一反自己在校內的人脈廣度（熟人很多），其實人際關係相當狹小（好友很少），從這裡也可以知道，政近不是主動積極經營交情的類型。總歸來說，政近懶得和陌生人打好關係，也會盡量避免向看起來恐怖的人搭話。

（哎，不過事到如今也不能這麼說了……）

察覺身旁的米哈伊爾再度要分裝料理，政近下定決心開口。

「啊，我已經吃得很夠了。謝謝伯父。」

米哈伊爾隨即轉過身來從高處定睛俯視，政近內心嚇得哀號。但他認為不能在這時候畏縮，繼續搭話。

「那個，話說回來……可以請教伯父的全名嗎？」

聽到政近這麼問，米哈伊爾稍微歪過腦袋回答。

「米哈伊爾．馬卡洛維奇．九条。」

由於是以流利的俄語音調說出來，所以政近以外的人應該不可能一次就聽清楚吧。但是政近絲毫沒展現慌張的模樣回應。

「謝謝伯父。那麼，米哈伊爾．馬卡洛維奇。」

聽到這個稱呼方式，米哈伊爾稍微睜大眼睛，政近見狀覺得掌握要領了。

（好！這我一直記得喔！對於俄羅斯人的敬稱不是加「先生」，而是以名字加上中間名來稱呼！）

政近判斷順利引起對方注意，打開話匣子。

「您的姓氏和伯母相同，請問是在結婚的時候改姓嗎？」

米哈伊爾點頭回應政近的問題。

「這樣啊。我以為跨國婚姻的夫妻大多不同姓，請問您改姓有什麼理由嗎？」

對於接下來的問題……米哈伊爾保持沉默。就這麼默默轉過頭去。看見這個反應，逢迎攀談的政近臉頰僵硬。

（糟了——！我選錯話題了——！）

政近率直詢問自己好奇的事情，不過這或許是某種敏感話題。如此心想的政近，為了挽回局面而尋找下一個話題時……

「艾……」

米哈伊爾發出聲音，政近迅速抬起頭。然後，米哈伊爾以生硬的日語開口。

「艾莉莎，學校，怎麼樣？」

「……您是問艾……莉莎同學在學校過得怎麼樣嗎？」

政近重問之後，米哈伊爾點點頭。對方主動開新的話題，政近對此稍微鬆一口氣，看著艾莉莎開口。

「……這個嘛，她是非常認真的模範生，眾所周知喔。生性努力，面對凡事都是全力以赴，我想她的這一面也讓旁人另眼相待。」

政近心想「幸好不是在她本人面前被這麼問」，繼續說下去。

「因為這樣，所以也曾經過於完美而散發難以接近的氣息……不過最近也和周圍融洽多了，交談的對象好像也有增加。」

政近述說的時候，米哈伊爾不發一語，默默注視政近……政近在內心抽動臉頰。

（為什麼不說話？明明是你問的為什麼不說話？）

難道他不是想問這種事嗎？政近在內心冒冷汗。此時，神明知久再度出現。

『呵呵呵，政近你別在意。俄羅斯人和日本人不一樣，在對方說話的時候都是默默聆聽不會附和的啦。』

（這個知識真的正確嗎？該不會從剛才都是按照自己的意思胡說八道吧？）

到了這種程度，聽起來只像是在勉強安慰，政近在腦中揪起迷你知久前後搖晃，但總之還是繼續說下去。

「那個，她在第一學期的時候好像也不擅長在眾人面前說話，不過在校慶的時候說得非常落落大方……好像也不再害怕面對人群，所以逐漸變成可靠的下任會長參選人。」

而且或許該說她度量意外地大，對於和自己不同類型的人，她也會尊重並且包容，這方面我也發自內心尊敬她。」

米哈伊爾不發一語，所以政近一直說下去。大腦全力運轉，為了避免話語停頓而拚命說下去。甚至沒察覺自己的聲音不知何時變大，也沒察覺如今不只是米哈伊爾在聽他說明。

「哇～～久世小弟對艾莉是這麼想的啊～～」

正在極力主張艾莉莎值得尊敬的一面時傳來曉海的這個聲音，政近頓時閉上嘴巴，以僵硬的動作看過去，隨即發現坐在斜前方的曉海按著臉頰開心微笑，瑪利亞與綾乃也靜靜聆聽他說話。此時政近回神轉身一看，席地座位那邊也不知何時變得特別安靜，感興趣與看好戲各半的視線占多數，有一人低著頭而且耳根通紅。

（啊，死——）

政近變得一片空白的腦中掠過這個念頭時，曉海輕聲笑著看向米哈伊爾。

「呵呵，我不知為何開心起來了。對吧，老公？」

對於妻子這個問題，米哈伊爾也點頭回應。曉海溫柔瞇細雙眼，向政近開口。

「對不起喔，久世小弟。這個人只會說簡單的日語又不善言辭……所以很難聊吧？而且艾莉第一次帶這麼多朋友來家裡，所以他好像空前緊張。」

「咦，啊，這樣嗎……」

「謝謝你拚命和他說話哦？老公，你也很開心吧？」

被曉海這麼問，米哈伊爾低頭看向政近開口了。就這麼面無表情。

「我，非常，開心。」

「啊啊，不客氣……」

政近以僵硬的笑容如此回應，同時在內心全力大喊。

（慢著！原來只是不會說日語加上溝通障礙嗎啊啊啊啊——！）

神明知久掛著搪塞的笑容想要飛走，政近將他一把抓住之後摔到地面。順便也把哈哈大笑的小惡魔有希往腦中另一頭扔過去！

政近像這樣強忍羞恥的時候，艾莉莎以餘光看著他，就這麼低著頭呢喃。看起來像是害臊又像是開心。

【真的是笨蛋。】

Иногда Аля внезапно кокетничает по-русски

第9話 祝福

「好～～蛋糕來了喔～～」

慶生會開始之後約一小時半。桌上的料理收拾乾淨之後，米哈伊爾在曉海的引導之下，從廚房端蛋糕過來。

順帶一提，艾莉莎在那之後不曾回到餐桌座位，政近與瑪利亞一直和曉海或是米哈伊爾交談，所以現在交情已經好到可以正常互開玩笑的程度。

「慢著這裡是美國嗎？我只在吃到飽餐廳看過這種玩意兒！」

因此，米哈伊爾端來長寬應該有三十公分的方形蛋糕時，政近毫不留情吐槽。對於這樣的政近，席地座位的男生們投以尊敬的視線。

（久世真厲害，敢對那位伯父……）

（政近太猛啦～～）

（真的和任何人都能打好關係耶……這方面真的很厲害。）

無視於如此心想的三個男生，曉海插上蠟燭露出微笑。

「與其吃不夠，還不如吃剩對吧？」
「唉，說得……也是吧？」
「好～～那麼艾莉來這裡吧～～」
米哈伊爾點燃十六根蠟燭，瑪利亞關掉室內電燈。然後由舉起手機的曉海帶唱，除了艾莉莎之外，聚集在桌子周圍的所有人打節拍唱歌。
「艾莉生日快樂～～艾莉生日快樂～～艾莉生日快樂～～♪艾莉生日快樂～～」
唱完的同時，祝福的聲音和掌聲一起灑落。承受這些聲音於一身的艾莉莎吹熄蠟燭……因為蛋糕太大所以沒能一次全部吹熄，多吹兩次才吹熄所有蠟燭。然後在更大的掌聲中，電燈再度打開，突然變亮使得政近眨眼數次之後看向艾莉莎……艾莉莎含淚的模樣隨即映入眼簾令他錯愕。
「哎呀哎呀，艾莉，太感動了嗎？」
艾莉莎以曉海迅速遞出的面紙按住眼角，以哽咽的聲音開口。
「抱歉……可是，想到這麼多人為我慶生……我就好開心……」
說到這裡，艾莉莎雙手掩面。聽到這句話，政近回想起運動會那天在教室外面聽到的艾莉莎聲音，胸口一陣緊縮。
（這樣啊……太好了，艾莉。）

政近由衷這麼想。在政近溫柔注視之下，曉海與瑪利亞從兩側擁抱低頭的艾莉莎。面對突然的感動場面，主要是男生們有點不知所措……此時茅咲不知為何參戰。

「喔，那麼～～我們也參加吧。來吧來吧，綾乃學妹與沙也加學妹也一起。」

茅咲一邊這麼說，一邊把瑪利亞與艾莉莎一起抱住，綾乃也戰戰兢兢接近過去，略顯顧慮地撫摸艾莉莎的背。接著沙也加與乃乃亞也走過去，毅說「呃，咦？現在是要照做嗎？」東張西望踏出一步的瞬間……

「臭男生不准過來！」

「對不起！」

茅咲的威嚇與毅的謝罪瞬間交錯，客廳片刻之後被笑聲籠罩。

低著頭的艾莉莎也因而露出笑容，以稍微發紅的眼睛抬起頭。笑盈盈的曉海與瑪利亞從兩側親吻她的臉頰，艾莉莎害羞般鼓起臉頰。政近懷著會心一笑的心情眺望這幅光景……

「那麼，趁著分切蛋糕的時候送禮物吧～～」

不過瑪利亞這時候說的這句話，使得緊張感竄過政近全身。

看來不只政近如此，「誰先送？」「其他人送什麼禮物？」隱含緊張的視線在各處交錯。在這樣的狀況中，暫離客廳的瑪利亞拿著以紙張與緞帶包裝的方形禮物回來了。

「來～～艾莉生日快樂～～」

「謝謝……」

「好了，打開吧打開吧。」

艾莉莎就這麼被瑪利亞催促打開包裝，從裡面出現的是粉紅色的圍巾。

「怎麼樣？很可愛吧？」

「嗯，謝謝。」

「好～～那我幫妳圍哦～～」

「不，接下來要吃蛋糕——」

無視於艾莉莎的冷靜吐槽，瑪利亞將圍巾圍在她的脖子。然後瑪利亞與曉海同時尖聲歡呼，艾莉莎即使表情微妙，還是放棄般聳了聳肩。

「那麼，這是爸爸媽媽送的。來。」

曉海說著遞出禮物，在艾莉莎拆封的時候，眾人迅速以眼神示意。就這樣自然而然決定以政近、綾乃、會長副會長、樂團成員的順序贈送禮物。

（真的假的，我當第一棒？）

雖然隱約有猜到，不過看來這時候果然也要打頭陣。在其餘成員的注目之下，政近拿著手提袋走向艾莉莎。

「艾莉，生日快樂。」
「謝謝，政近同學。」
艾莉莎放下父母贈送的錢包，抬頭看過來。
政近被這雙視線激發緊張感，將手提袋遞給艾莉莎。
「這是禮物……我自己做的點心。」
「咦，自己做的？」
艾莉莎睜大雙眼，同時周圍的眾人也發出「喔喔」或「咦，好強」之類的驚叫聲。
但是政近覺得有點尷尬，不由得拉出防線。
「不，抱歉，平常我沒在做點心，所以雖然味道應該沒問題，但是外型可能不太好看……」
「這我完全不在意……」
艾莉莎說著打開紙袋，從裡面拿出塑膠袋。此時，政近害臊般搔著臉頰開口。
「是我自己做的……年輪蛋糕。」
「「「怎麼做的？」」」
「我很努力。」
「「「這是努力就做得出來的東西嗎？」」」

沒人猜到的點心品項，使得旁觀的人們腦中都填滿問號。順便認真說明一下，政近是用煎蛋捲的方形平底鍋做的。意外地沒那麼難。

「啊啊，謝謝……我晚點再吃。」

看來比起喜悅，「不明就裡」的心情搶先到來，所以艾莉莎眨了眨眼，將年輪蛋糕收進紙袋。見證這一切之後，政近懷著滿滿的成就感功成身退了。總覺得周圍似乎投以「你這傢伙居然一開場就送這麼有特色的禮物」的視線，總之完成工作的政近不在意。

（不過，其實還有另一份工作要做……）

政近瞥向自己的包包如此心想。無視於這樣的他，接下來是綾乃走向艾莉莎。

「那麼……再來是在下，還有這份是有希大人託付轉交的禮物。艾莉莎小姐，祝您生日快樂。」

「謝謝。」

正如先前對政近的預告，有希的禮物是手機保護貼。綾乃的禮物則是……

「書？」

「是的，是在下喜歡的書。」

「謝謝……是短篇集啊，我會找時間看。」

（原來如此，書！原來有這招！）

看到綾乃送的禮物，政近在內心拍膝這麼想，此時統也開口了。

「喔，真巧，我也是送書。」

統也說完送給艾莉莎的禮物是……《打動人心的二十種方法》這本書。

（不知道是在選戰用過，還是在追求更科學姊的時候用過……總覺得背後的心路歷程耐人尋味。）

接下來，茅咲送給艾莉莎的是……

「……護身符？」

以金色絲線封口的白色布袋。形狀本身是常見的護身符，但是艾莉莎納悶的原因在於……袋子表面沒寫任何字。

「沒錯，是我家非常靈驗的護身符。」

「謝謝……學姊。請問，這是什麼的護身符？」

「咦，各種方面？」

「各種方面……嗎？」

「嗯，應該會成為替身幫妳擋一次吧。」

「擋什麼？」

「啊，不可以打開袋口哦？不然會跑出來。」

「跑出什麼？」

不經意覺得這個護身符後方自帶「轟轟轟轟」的音效，艾莉莎露出不知道該如何反應的表情。但是茅咲已經懷著滿滿的成就感離開，所以不敢多問。這麼一來，感到為難的就是後續的四人。

『接下來怎麼辦？』

『咦，我才不要當下一棒。』

『這樣啊，那麼你不介意當壓軸嗎？』

一瞬間，三人以視線相互牽制……乃乃亞完全無視於他們走向前。

「生日快樂～～來，這是禮物。」

「謝謝。」

「附鏡子的小粉盒。阿哩莎平常沒化妝，不過這東西有備無患吧？」

「說得也是。我平常會整理頭髮，所以之後就用這個吧。謝謝。」

「那麼，再來換我。」

毅與光瑠露出「啊」的表情時，沙也加接著走向艾莉莎。

「我在各方面猶豫過……最後決定送帽子。」

「啊，好可愛。」

從包裝裡頭取出的是黑色貝雷帽。艾莉莎照著乃乃亞送的鏡子，立刻戴上帽子。

「很適合妳喔。」

「沙也加同學，謝謝妳。」

艾莉莎笑了，沙也加嘴角也露出笑容。在非常美麗的這幅光景中……兩個臭男生被冷落在一旁。

（啊～～啊，好可憐。）

兩個女生贈送品味出色的禮物之後，由兩名好友負責壓軸，政近在內心向他們合掌致意。然後毅與光瑠依序贈送禮物……毅的禮物是有點高貴的茶泡飯組合。光瑠的禮物是時尚的原子筆……完全以置身事外的心態旁觀的政近，不由得差點噴出嘴裡的飲料。因為光瑠送的原子筆上半截……居然是浮游花。

（好險！有希謝謝妳！）

差點在奇妙的地方撞眼，政近向不在場的妹妹致上謝意。

◇

送禮時間平安結束，所有人懷著卸下重擔的心情享用分切的蛋糕。就在這個時候，戶外忽然傳來小小的爆炸聲。

不知道是誰帶頭朝著聲音方向一看，遠方居然升起煙火。

「哎呀～～煙火耶～～是在慶祝艾莉的生日嗎～～」

「不可能是這樣吧。」

曉海不知是認真還是開玩笑的這句話，艾莉莎立刻吐槽，向場中的客人們說明。

「那附近好像有結婚會場，偶爾看得見煙火。」

聽到艾莉莎現實至極的這段說明，眾人心想「原來如此」而接受。但是這種毫無夢想的真相，曉海看起來完全不在意，為所有人的玻璃杯倒飲料之後，朝著艾莉莎高舉玻璃杯。

「好的，那麼趁著煙火也開始放了，艾莉！重新祝妳生日快樂～～！」

「為什麼啊？」

艾莉莎害臊般噘嘴，但是以瑪利亞為首的其他人也跟隨曉海的號召。然後看到許多玻璃杯高舉，艾莉莎即使稍微縮起肩膀還是拿起玻璃杯。

「生日快樂～～！」

「生日快樂！」

「……謝謝。」

再度接受親朋好友的祝福，艾莉莎難為情般道歉。此時，瑪利亞將手機鏡頭朝向艾莉莎。

「來，艾莉笑一個～～」

「真是的，這種就不用了啦……」

「為什麼～～？紀念日的照片拍多少張都不嫌多吧～～」

「剛才已經拍過了吧？」

艾莉莎伸手遮臉，不好意思般拒絕。不過這時候曉海也參戰，艾莉莎像是要逃離不斷將鏡頭朝向她的母親與姊姊般前往陽台。

「艾莉妳要去哪裡～～？」

「看煙火。」

只簡短這麼告知之後，艾莉莎打開落地窗，套上拖鞋前往陽台。瑪利亞眼尖看見她耳朵紅通通的，露出輕飄飄的笑容。

「艾莉好可愛。」

「呵呵，因為從來沒有這～～麼多朋友慶生，所以在害臊吧～～」

曉海由衷開心這麼說，向場中所有人露出柔和的笑容。

「我要再說一次，今天真的很謝謝各位。雖然也像那樣有著不率直的一面，但是艾莉莎今後也請各位多多照顧哦？」

「……謝謝，大家。」

曉海慢慢低頭致謝，米哈伊爾也跟著稍微低頭。

意外受到朋友父母的感謝，眾人感到惶恐或是笑容以對。在這樣的狀況中，政近看著在窗外欣賞煙火的艾莉莎背影，忽然想到一件事。

（咦，這不是大好機會嗎？）

政近如此心想，確認其他客人的注意力都在曉海與米哈伊爾身上之後，拿著自己的隨身包包悄悄起身，然後小心避免被任何人發問，若無其事移動到牆邊。沒錯，絕對不能被發現去向。空氣，要成為空氣。真的就像是……

（像是綾乃那樣！）

總覺得像是在最終決戰使用同伴技能的戰士，政近身披這股氣魄，全力消除自己的氣息。然而……

（啊。）

終於抵達落地窗前面的時候，視線完全和乃乃亞對上了。然後，揚起單邊眉毛的乃乃亞正準備開口——卻被綾乃搭話而走過去。

（太好了，謝啦綾乃！）

雖然應該不是故意這麼做，但是兒時玩伴在絕佳的時間點吸引乃乃亞的注意，政近在內心向她道謝。

（嗯？奇怪，她們兩人之前有什麼交集嗎……？）

即使腦中一角隱約冒出這個疑問，政近也沒想太多。他不發聲音靜靜打開落地窗，迅速前往陽台。

「……？」

只不過，即使再怎麼消除聲音與氣息，打開窗戶的瞬間都會聽到室內的聲音變大，所以艾莉莎無論如何都會發現。

「喔，嗨。」

艾莉莎轉頭隔著肩膀看過來，政近不知道該說些什麼，舉起左手打招呼。艾莉莎隨即朝著政近右手的包包一瞥，然後再度將視線移到陽台外面。政近略顯顧慮走到她身邊之後，艾莉莎看著前方發問。

「……怎麼了？」

「啊啊，沒有啦……那個，煙火剛好放完了嗎？」

在緊要關頭不知道該如何啟齒，政近連忙顧左右而言他。不知道是否察覺政近在掩飾，艾莉莎平淡回答。

「這個嘛，最後會放一個很大的煙火，所以剛才那樣還沒放完吧。」

「這樣啊。」

然後是沉默。在遠方傳來的蟲鳴與車聲中，政近為自己的猶豫不決板起臉搔頭。剛才因為緊張而脫口說出無關的話題，但是不能在這裡浪費太多時間。

「……」

瞥向背後，室內的氣氛不知為何似乎非常熱鬧。總之目前應該沒被察覺，卻不能掉以輕心。時間經過愈久，政近和艾莉莎獨處被發現的機率就愈高。就算沒被發現，乃乃亞也好像已經察覺了。

（啊啊真是的！既然走到這一步，我快點下定決心吧！）

犀利吐出一口氣鼓舞自己之後，政近一邊注意室內，一邊輕輕以雙手做出推擠般的手勢。

「抱歉，稍微過去一點……」

「嗯？什麼事？」

政近雙手朝向疑惑皺眉的艾莉莎，移動到被窗簾遮擋，從室內看不見他的位置。再度確認沒被任何人看見之後，政近重新面向艾莉莎，艾莉莎似乎也感覺到了什麼，轉身面向政近。

「那個……其實，我還有一個禮物……」

「？」

政近下定決心開口之後，艾莉莎眨了眨眼睛，看向政近右手的包包。

「啊啊，沒錯。就是這個……」

總覺得不太像樣耶……如此心想的政近，從包包取出一個包裝好的禮物。同時，有希說的話語重新在腦中閃現。

『我的意思是說也要用話語與行動傳達心意啦。』

『只要對她做我們每年在做的那件事……艾莉同學也會好感度暴增，立刻解鎖新事件喔。』

在腦中復甦的話語令全身頓時火熱，難為情的感覺從胸口深處猛然竄向全身。對有希做這種事都非常難為情了，想到要對艾莉莎做同樣的事，光是這樣，湧上心頭的羞恥心情就令政近想在地上打滾。

（唔喔喔喔超害羞的！但我快點下定決心吧！有希也說過吧！一年只有一次，至少在生日這天要讓她當面對我嬌羞！）

政近扭曲嘴唇，用力咬緊牙關，在剎那之間下定決心。然後他抬起頭，朝著似乎有點嚇到的艾莉莎遞出禮物。

「來，請收下。」

「謝……謝……」

艾莉莎有點困惑般接過禮物，政近卻沒有放開禮物。就在艾莉莎冒出問號抬起頭的時候，政近筆直注視她的雙眼，強忍著羞恥心開口。

「艾莉，謝謝妳誕生在這個世界。」

聽到這句話，艾莉莎睜大雙眼。自覺那雙藍色眼眸筆直看向這裡，政近繼續說下去……而且朝全身使力，忍受著想要一邊大喊一邊倒地打滾的衝動。

「艾莉，祝妳生日快樂。妳誕生在這個世界，讓我有緣可以認識妳，我打從心底感謝。」

好不容易說完閉口之後，腦中「砰」一聲出現的小惡魔有希放聲大喊。

『就是現在！往那裡親下去！毅然決然撲過去強吻吧！然後就這麼把舌頭——』

（怎麼可能啊，混蛋！）

政近趕走吵死人的小惡魔，並且放開禮物。接著，艾莉莎一臉錯愕將禮物慢慢抱入懷中，數秒之後輕盈一笑。

【我才要謝謝你！】

她以俄語這麼說，像是忽然回神般眨了眨眼，然後輕聲笑著改用日語開口。

「我也是……有緣可以認識你，真是太好了。」

拋棄遮羞心態，率直表達的話語。

不容分說聽得出是發自真心的這句話，使得包覆政近全身的羞恥在一瞬間飛散。取而代之包覆政近全身的是純粹的喜悅。為彼此祝福這份相識的奇蹟。有緣認識這樣的對象，這正是真正的奇蹟吧。政近打從心底實際感受到這一點。

（啊，不妙。總覺得好想緊抱她。）

胸口深處湧現的這份情感，令政近感受到危機。不，如果對方是有希，政近真的會全力緊抱，甚至也可以親一下臉頰或額頭，然而對艾莉莎這麼做終究不妙。腦中的小惡魔高喊「上啊啊啊啊——！上啊啊啊啊——！」揮動大聲公，但不妙的事就是不妙。

（不妙……可是……）

艾莉莎的柔和笑容。溫柔注視這裡的藍色眼眸。看著這樣的她，這種理性的聲音愈來愈小……

不知道是誰先踏出腳步，兩人的距離一步步縮短…………轟。

隨著像是響進骨子裡的聲音，鮮豔的光輝在政近視野一角爆發。猛然往那裡一看，是大朵煙火點綴夜空，光點紛紛迸開逐漸消失的光景。

呆呆眺望這幅光景之後，政近驟然回神看向艾莉莎。艾莉莎也像是從夢中醒來般，

一邊眨眼一邊轉身看向政近，然後察覺彼此的距離很近，同時後退半步。

「啊，原來煙火還沒放完啊。」

「是啊，看來是這樣。剛才那樣應該放完了吧？啊，這個，我可以打開嗎？」

「啊啊，請吧請吧？」

「咦，這個的膠帶在哪裡……？」

「啊，我來開燈開燈。」

就像是要掩飾什麼，兩人一齊露出虛假的笑容迅速交談。然後在政近手機燈光的照明之下，艾莉莎慎重撕下膠帶，取出內容物一看……是白色的手套。

「接下來會變冷，想說這個應該不錯。」

在露出害臊笑容這麼說的政近面前，艾莉莎的視線朝向手套上刺繡的小小藍色雪花結晶，以及連接在手腕部位，前端繫著白色毛球的紅線。

（嗯，總之應該會發現吧。）

政近知道這一點，但是也沒辦法。在店裡湊巧看見這雙手套的瞬間，他就覺得「這個非買不可」所以沒辦法。若問為什麼不在大家面前送出去，只能說因為這樣好像是在認真追求所以會不好意思。而且現在也確實非常不好意思。然而……

（為什麼不說話？）

艾莉莎遲遲沒做出像是反應的反應，政近拚命忍受著像是焦急又像是害臊的感覺。他面前的艾莉莎，也同樣拚命忍受著內心深處隱隱作痛的感覺。

（為什麼……為什麼對我做這種事？）

政近給予的話語，明顯是只為艾莉莎準備的這份禮物，激起了本應沉入內心深處的戀心。

（為什麼？政近同學喜歡有希同學，比任何人都重要……但是做出這種事，不就會害我誤會了嗎……！）

喜悅與忿恨在內心肆虐。為什麼做出這種令人誤會的事？這個人好過分。像是亂發脾氣的這種想法在腦中交錯，艾莉莎不禁以瞪視般的眼神抬頭看向政近——在四目相對的瞬間，內心深處的某個情感迸開了。

（啊，不行……要決堤了……）

剎那的危機感，被壓倒性的情感洪流沖走。然後，艾莉莎下意識地踏出一步。下一瞬間……

「阿哩莎～～」

隨著窗戶打開的聲音傳來這個聲音，艾莉莎頓時停下腳步。朝著聲音傳來的方向看去，乃乃亞只從窗邊探出頭來，看向艾莉莎輕輕招手。

「等一下，我覺得妳快點回來比較好喔～～」

「咦？為什麼……」

「問我為什麼……啊啊～～」

此時乃乃亞轉頭看向室內，發出含糊的聲音之後，再度看向艾莉莎開口。

「嗯，可能來不及了。」

「所以是什麼事？」

「不，嗯，哎……」

結果乃乃亞沒回以明確的答覆就把臉縮回去。艾莉莎對此感到納悶，忽然察覺自己不知不覺踏出一步，連忙把腳拉回來。

（好……好險……總覺得剛才超危險的……）

艾莉莎做個深呼吸，好不容易回復精神穩定，然後悄悄抬頭看向一臉疑惑看著乃乃亞剛才位置的政近。這一瞬間，內心再度隱隱作痛，但是艾莉莎努力藏起這份情感露出笑容。

「謝謝你送的手套。我很喜歡。」

「啊，喔喔，那就好。」

「那我們回去吧。」

艾莉莎撇頭避免和轉過身來的政近四目相對，將收到的手套收進袋子，快步走向室內。要是兩人繼續待在這裡，可能向政近吐露意外的情感。

（胸口……好難受。）

將政近送的禮物抱在胸前，艾莉莎緊閉雙唇。各種情感填滿胸口，明明肯定很幸福卻好難受。

（真是的，這是怎樣啦！）

然後她像是突然發脾氣的孩子，以稍微粗魯的腳步回到室內。

「然後，這是四歲時的艾莉！」

「「好可愛〜〜！！」」

「喔喔，是金髮耶。」

「真的是天使無誤……」

「慢著，那本相簿是從哪裡拿出來的啦！」

艾莉莎明白了乃乃亞那句忠告的意思，也得知千萬不能在母親和朋友共處的時候貿然離席。

第10話 告白

（……結果，搞不懂她那樣是什麼反應。）

蛋糕也吃完了，時間是晚上八點多。「既然人夠多就來玩狼人殺吧～～」乃乃亞這個提案被採用，正在進行準備的時候，政近一邊上廁所，一邊思考艾莉莎剛才的反應。

（總覺得好像在一瞬間被她瞪……？難道我選錯禮物了嗎？但是她後來又說很喜歡……唔～～？）

那個禮物到底正不正確，政近歪頭思考……得不出答案，嘆氣走出廁所。而且一走出來就有人從旁邊搭話。

「政近大人。」

「嗯？喔喔。」

仔細一看，綾乃站在陰暗的走廊。

（啊啊，綾乃也要上廁所嗎？）

政近如此心想，橫跨一步讓出空間，綾乃卻定睛看著他說下去。

「在下差不多想要告辭了。」

「咦，是這樣嗎？妳有門禁嗎……？」

確實，因為現在是十一月，所以外面已經一片漆黑，但這應該和有車子接送的綾乃沒太大關係吧……政近如此心想的時候，綾乃稍微游移視線開口。

「其實……剛才說有希大人有急事是謊言。」

「咦？」

政近冷不防吃了一驚，綾乃像是下定決心般告知。

「真相是……有希大人罹患流行性感冒病倒了。」

「咦……」

「為了避免大家擔心，破壞慶生會的氣氛，有希大人吩咐在下在那時說謊……」

「……」

綾乃說明的這段隱情，有一半以上直接從政近的大腦穿透。有希罹患了流行性感冒。國中之後從來沒生病，貫徹零遲到零缺席的有希病倒了。

（為什麼，這種事……）

政近錯愕如此心想，有希在服裝店露出的虛假笑容忽然在腦中重現。

（是那個原因。）

政近直覺這麼認為。自己肯定早就察覺了。有希因為母親的事情所以心神勞累。

（明明……早就察覺了……）

自己視而不見的結果，有希她……

「症……症狀是？」

政近壓不下慌張的心情發問，綾乃難過地皺眉回答。

「雖然請了醫生過來並且接受治療……但是果然受到高燒的折磨。而且還有喉嚨痛與咳嗽的症狀……」

「咳嗽……」

昔日的有希身影從記憶深處復甦。明明直到剛才看起來都很有精神，卻突然咳嗽並且咳個不停的幼小妹妹。倒臥在床上，明明按著喉頭拚命以蒼白的嘴唇求取空氣，卻只發出嘶嘶吁吁的氣音。政近能做的只有找大人過來。想要盡力幫忙而撫摸妹妹背部，她的皮肉卻薄得嚇人，手中傳來皮包骨的觸感——

「……近大人，政近大人！」

「！」

聽到綾乃的呼叫，政近回過神來，以僵硬的動作低頭看向綾乃，綾乃隨即像是心酸般皺眉開口。

「在下知道……政近大人一直在迴避周防家。但是……能不能請您去探望有希大人呢？」

「咦──」

「在下認為比起任何人，有希大人現在最需要的是政近大人。」

這是在運動會那時候也聽綾乃說過的話。然而，政近反射性地脫口而出的……

「我不能去。」

是軋轢般的拒絕話語。

「政近大人……！」

總是不把情感表露在外的綾乃，聲音稍微變凶。

可說是另一個妹妹的兒時玩伴少女投以責備般的視線。這雙視線深深掏挖政近的胸口。

即使如此，嘴巴還是動不了。喉頭擠不出「我也要去」這句短短的話語。在政近心中已經化為苦惱與後悔象徵的周防家宅邸。優美的陰沉表情與嚴清的冰冷視線。這一切哽在喉嚨，只有「我去了又能怎樣」或是「如果現在和妳一起回去，不知道其他人會怎麼想」這種卑鄙的藉口在喉嚨深處捲動。就在這個時候……

喀喳。

通往客廳的門開啟，茅咲露臉了。
「咦？怎麼了？差不多要開始了喔。」
看見兩人佇立在走廊，茅咲投以疑惑般的視線。首先做出反應的是綾乃。
「不，沒事。」
綾乃說完一個轉身，輕聲對背後的政近這麼說。
「（在下只在樓下等您十分鐘。）」
被要求做決定所給予的時限，對政近的胃造成強大的壓力。政近急遽感覺不舒服，身體逐漸沉重。
（就算在樓下等，我……）
好冷，好難受，好不舒服。
客廳充滿開朗又快樂的氣氛。政近不想回到那裡。但是面對茅咲疑惑般的視線也無法這麼做。
政近拖著沉重的腳步，跟著綾乃回到客廳。接著，綾乃在客廳入口向艾莉莎與統也他們鞠躬。
「非常抱歉。請容在下就此告辭。」
政近無法直視她的身影，甚至沒有餘力偽裝表情，趁著綾乃吸引眾人的注意力，偷偷摸摸逃到牆邊。

綾乃似乎以責難的視線注視這樣的我。受到這種錯覺的襲擊……在綾乃離開客廳之後，政近終於呼出一口氣，然後強烈厭惡如此卑鄙的自己。

「怎麼啦，阿世？」

明明待在牆邊避免顯眼，一個聲音卻像是抓準時機搭話，政近猛然抬起頭。乃乃亞不知道是從什麼時候就在那裡，以一如往常的半閉雙眼看向自己這邊，於是政近連忙裝出笑容。

「不，沒什麼事……」

「真的嗎～～？總覺得你的表情很可怕。」

「是嗎？因為剛才稍微在想事情吧。」

政近想不到貼心的藉口，以明眼人都看得出來的謊言瞞騙。乃乃亞定睛注視這樣的政近……忽然收起漫不經心的態度，靜靜露出正經的表情。

「真的嗎？」

「咦——」

「真的沒任何事嗎？」

乃乃亞不同於以往認真發問，政近內心慌張。而且這份慌張因為乃乃亞接下來的話語而更加強烈。

「阿世，我知道你在提防我。不過啊，我也和普通人一樣想要還人情哦？」

當面指出對方的戒心。只有乃乃亞能夠毫不矯飾直截了當這麼說。或許因為這樣，所以接下來所說的話語，聽起來也像是乃乃亞發自真心的話語。

「既然你陪我談過，我也至少可以陪你談談哦？像是啲希或雄翔的事，我自認比別人更瞭解你的苦衷吧？雖然自己這麼說不太對，但我可以提出客觀的意見哦～～？」

「……」

老實說，政近內心動搖的程度連他自己都嚇一跳。如果現在場中沒有其他人，他或許會像是央求般向乃乃亞吐露煩惱。

然而……

「……」

聆聽沙也加與瑪利亞說明狼人殺玩法的艾莉莎。看起來完全打成一片，正在談笑的統也、茅咲、毅與光瑠。看著像是很快樂的他們，政近也再度露出笑容。

「謝謝……不過，現在不必喔。」

「……還能努力嗎？」

乃乃亞這個問題明顯切入核心，政近目瞪口呆……然後輕聲軟弱一笑。

「是啊，我還能努力……謝謝妳。」

「嗯，這樣啊。」

乃乃亞說完點了點頭，像是尊重政近的意願般果斷不再追問。然後她一個轉身，以截然不同的懶散聲音向七人搭話。

「那麼～～差不多就開始吧～～既然有九人，狼人設定為兩人可以嗎？」

「說得也是。至於其他的角色，總之就是預言家、女巫還有騎士吧。」

「那個，對不起。我還沒完全掌握規則……」

「是這樣嗎？那麼先試玩一次，順便確認ＡＰＰ的操作方式吧？畢竟我也好久沒玩了～～」

眾人愉快討論著狼人殺的規則。政近也掛著假笑加入其中。

（啊，這個……可能比想像的還要難受。）

剎那間，這種悲觀的話語浮現在腦海。

剛剛才對乃乃亞說自己還能努力。然而……政近早早就感覺內心和外部解離，內心軋軋作響。

「等等，我突然就被殺了？」

「好～～阿毅接下來就觀摩吧～～」

「真的假的～～」

洋溢的笑容與笑聲。為了避免格格不入，一起歡笑的自己。政近打從心底對這樣的自己作嘔。在妹妹受苦候，扔著她不管而在這裡歡笑的自己，真的是最差勁的人。

「啊，我被殺了。等等～～說真的狼人是誰啊？」

「咦，我反倒想說政近你原來不是狼人……」

「慢著，原來一直在懷疑我嗎？」

好噁心。好想吐。真的很討厭。去死算了。

（啊，我不行了。）

就在這麼想的時候，狼人殺的APP宣告遊戲結束，茅咲與瑪利亞發出歡呼聲。

「耶～～！贏了！瑪夏幹得好！」

「啊，我們贏了～～耶～～！」

看著擊掌的兩人，政近站了起來，然後努力裝出滿懷歉意的笑容低下頭。

「不好意思，我也差不多該……」

「咦，是嗎？」

「明明接下來才要正式玩……」

「哎呀～～好可惜。」

「那麼，我送你到——」

「啊啊，不，這種的就免了。」

政近制止正要起身的艾莉莎，迅速抓起包包。感覺到乃乃亞注視著這樣的自己。明明感受到這雙視線，政近卻刻意不看她，走到艾莉莎身旁露出微笑。

「再說一次，生日快樂，艾莉。我先回去了，不過祝妳有個美好的夜晚。」

「啊，嗯……」

「抱歉，幫我鎖門就好。」

政近只留下這句話，也到廚房向正在收拾的曉海與米哈伊爾道別之後，迅速走向玄關。

一打開門，十一月的寒氣就迎面而來。政近快步突破寒風，在走向電梯的同時以手機確認時間。

『在下只在樓下等您十分鐘。』

綾乃離開至今經過十五分鐘了吧。正常來想應該已經回去了，不過如果綾乃延長時間……

綾乃還在等待？還是已經回去了？政近甚至不確定自己希望是什麼結果，就這麼進入電梯。不知道是緊張還是害怕使然，心臟撲通撲通跳得好快。政近拚命壓抑心情，走出電梯穿過公寓大門……看見眼前沒有停著車輛，政近確實鬆了口氣。

自己真正的想法曝光，政近惡狠狠地臭罵，然後在四下無人的道路蹣跚踏出腳步。

「……可惡！」

（你又逃避了。）

腦中一角發出這個充滿侮蔑的聲音。政近甚至沒有力氣反駁，漫無目的一直走。然後他忽然發現一旁有座小小的公園，以沉重的腳步走進去，一屁股坐在長椅。

「……」

逃避了。確實沒錯。不過還能挽回。政近知道地址。比方說攔下一輛計程車，現在追過去就可以了。即使不這麼做，家裡也有恭太郎在。只要趕回家說明事由，兩人一起前往周防家就沒問題。

是的，政近知道這一點。正因為知道……才會坐在這種地方。

（現在過去還不遲。你要繼續墮落成為人渣嗎？現在不去的話絕對會後悔啊！）

（就算去了又做得了什麼？何況都已經糟蹋了綾乃給的機會，還有什麼臉去？）

（做得了什麼？不是這種問題吧！有希正在受苦。去有希身邊陪伴她，根本不需要更多理由！）

（你想得太誇張了吧。都已經給醫生看過了，在現在這個時代，流行性感冒這種病只要吃藥很快就會退燒康復。）

（所以說！不是這種問題！身為哥哥，既然妹妹在受苦，就應該無條件陪在她身邊才行吧！何況氣喘的老毛病也可能讓流行性感冒變成重症——）

相反立場的兩個聲音在腦中激烈碰撞。政近知道。明明知道應該聽從哪個聲音，身體卻動不了。

像這樣坐在這裡的時候，時間也不斷流逝。而且時間經過愈久，就愈是格外難以前往。政近明明知道一切卻在浪費時間。只任憑冰冷的長椅以及迎面而來的寒氣從坐著不動的身體逐漸奪走體溫。

（啊啊，我又……）

又像這樣沉淪在後悔與自我厭惡，光是沉淪就滿足，什麼都不做。明明知道是自己的錯，卻覺得既然知道就好，覺得既然已經充分自責就好，以自我懲罰當成免罪符選擇逃避。

遲早應該面對的過去錯誤。政近人生當中最大的後悔。預料在不久的將來再也無法逃避，和瑪利亞約定一定會好好面對，卻在這一刻真正來臨的時候又想逃避——

「嗚，咕嗚嗚嗚啊啊！」

雙手抱頭，用力搔抓腦袋，傳來一陣刺痛，指甲插入的位置逐漸發熱。即使如此還是繼續搔抓，咬緊嘴唇。明知這麼做毫無意義，卻還是做不了其他事。

啊啊，乾脆就這麼一直在這裡迷惘到天亮吧。如果自己也這樣感冒或是受寒倒下，起碼可以當成一種贖罪吧。

就在這種想要自我毀滅般的想法掠過腦海的這時候。

「政近……同學？」

聽到不可能會在這裡的某人聲音，政近愣住了。雖然懷疑自己聽錯，但是長靴的鞋尖映入眼簾，否定這個想法。

慢慢抬頭一看，抱著政近西裝外套的艾莉莎，驚訝睜大雙眼俯視他。

「那個，我去鎖門的時候，發現你忘了外套……而且感覺你的樣子怪怪的，所以我有點在意……」

「……啊啊。」

「發生了……什麼事？」

聽到艾莉莎這麼問，政近默默垂下頭。

沒什麼好說的。何況艾莉莎甚至不知道政近與有希真正的關係。假設將一切真相說出來又能怎樣？只會恥上加恥罷了。

「……可以請妳當作沒看見嗎？」

「咦？」

對於政近輕聲說出的這句話，艾莉莎回以這個疑問的聲音。政近沒抬頭，用雙手蒙住眼睛，以堅定的聲音說下去。

「我不希望因為我而搞砸妳的生日……所以求求妳。請妳當作沒看見吧。」

「什麼……這種事，我當然做不到吧！」

艾莉莎用力抓住政近雙肩，硬是拉他起身，然後以像是要揪住衣領的氣勢，從超近距離瞪著政近。

「發生了什麼事？說出來！」

「……」

像是烈火般燃燒的藍色眼眸，政近懷著少許的意外感注視。對於政近這個遲鈍的反應，艾莉莎咬牙切齒，然後稍微看向下方輕吐一口氣。

接著，她以強行壓抑語氣般的聲音說。

「……還記得嗎？第一學期期末考的賭注。」

「？」

「你是否考得進前三十名，我們打過賭吧？」

聽她說到這裡，政近也想起來了。第一學期的期末考，兩人打賭政近是否可以達成目標名次，輸的人要答應對方任何一個要求。

「……確實有這件事。」

政近置身事外般這麼呢喃，艾莉莎揚起視線瞪著他看。

「當時勝利者的權利，我要在現在使用。說明發生了什麼事吧。」

聽到艾莉莎這麼說，政近不由得啞口無言。因為他沒想到艾莉莎會在這種場合拿出好幾個月前的這個約定。然而在艾莉莎筆直視線的注視之下……回過神來，政近已經開口了。

「有希她……罹患流行性感冒病倒了。」

話語一度說出口就再也停不住，政近像是吐露一切般說下去。

「為了避免大家操心……她要綾乃說有急事要辦……但其實是得了流感。明明有希現在也在受苦，我卻……我卻……！沒能陪在她身邊……！」

說著說著，丟臉與窩囊的感覺湧上心頭，政近再度咬住嘴唇低頭。

艾莉莎的雙手輕輕從低頭的政近肩膀放開。然後，站直身體的艾莉莎靜靜發出的聲音，撼動政近的耳朵。

「……這就是……理由？」

這個聲音隱約像是無依無靠般晃動……政近不由得抬起頭，發現艾莉莎掛著泫然欲泣的表情而睜大雙眼。

「為什麼呢……明明想聽，但是不想聽……」

艾莉莎以軟弱的笑容這麼說，然後以顫抖的俄語輕聲呢喃。

【太過分了……】

聽到這句話……政近察覺艾莉莎泫然欲泣的原因了。

（啊啊，原來是這麼回事嗎……）

這是誤會。我並不是拿妳和有希做比較，然後無視於妳的心意。雖然要這麼說很簡單……然而就算這麼說，也無法讓現在的艾莉莎接受吧。

政近對有希抱持的情感是兄妹之愛，是親情，但他不能說出這個祕密……

（不，可是……應該已經可以了吧？）

這種想法自然浮現在腦中。

和嚴清的約定算得了什麼？這種東西可以成為自己害得現在面前這名少女泫然欲泣的理由嗎？艾莉莎的心與嚴清的約定，哪一邊比較重要？這種問題——

「……艾莉，我應該說過我的父母已經離婚吧？」

「咦？嗯……」

政近露出有點惆悵的笑容突然改變話題，艾莉莎即使詫異依然點頭回應。政近注視她的雙眼說下去。

「我母親的姓名是……周防優美。我原本的姓名是周防政近。」

「咦——」

艾莉莎錯愕睜大雙眼說不出話。政近抬頭看著她告知真相。

「有希是……我的親妹妹。」

終章 懺悔

想要讓她回復活力。想要讓她得到自由。既然做不到，起碼想要繼續扮演一個可靠的哥哥。

已經朦朧消逝在記憶的另一頭，我與有希年紀真的還很小的那時候。

記得有希是好奇心非常旺盛的淘氣女孩。

很喜歡戶外，對於看見的所有事物都感興趣，任何事都想要立刻嘗試。

那是什麼？這是什麼狀況？那個我想試試。這個看起來好好玩。

就像這樣，小小的身體裝滿活力與好奇心，眼睛總是閃閃發亮。

另一方面，原本就不是活潑外向，身為周防家長子接受嚴厲管教的我，記得是和妹妹成為對比，內向又懂事的孩子。然而，對於這個和我不同，表現得自由奔放的妹妹，我不曾羨慕或是疏遠她。

適才適所。當時我還不知道這句話，但是當我在自己房間裡用功，偶然看向在庭院拉著綾乃到處跑的有希時……不經意覺得自己適合這裡，妹妹適合那裡。隱約有這種感覺。

這樣的日常生活產生變化，是突如其來的事。某天，有希突然咳得停不下來，呼吸變得氣喘吁吁。我以為只是感冒，是暫時性的症狀……然而有希的這個症狀完全沒有好轉的跡象。庭院以及宅邸走廊也看不見有希的身影，家裡變得莫名安靜。我至今依然記得這件事。

再也無法進行最喜歡的戶外玩耍……即使如此，有希的好奇心也絲毫沒蒙上陰影。她在床上依然以閃閃發亮的眼睛讀書，看見沙漠或冰山的圖畫就會自由想像，看見帥氣的飛機就會想當駕駛員，看見美麗的花朵就會想開花店。看著這樣的妹妹，我在某天打趣對她這麼說。

「那我將來要當醫生，然後讓有希恢復活力！」

「咦，可是哥哥大人不是要當外交官嗎？」

「嗯。而且也會成為醫生！我是天才，所以兩種都可以當喔！」

「哥哥大人好厲害～～！」

……這只是無知孩童的戲言。但是得到有希純真的讚賞，就覺得自己真的做得到。

為了讓這個妹妹安心，我想繼續成為可靠又厲害的哥哥，而且總有一天要讓妹妹回到應當回去的場所。

妹妹擁有比任何人都自由又閃亮的靈魂，要讓她回到適合靈魂的場所，充滿自由與可能性的戶外。以自己的意願前往想去的地方，成為想成為的自己。這份職責……我覺得很適合沒意願前往任何地方，也沒意願成為任何人的我。

……明明是這麼想的，我卻背叛了自己的心願。

『對不起，哥哥大人，我……要留在這個家。』

現在我就明白了。那時候我應該第一個關心的……不是父母也不是家庭，更不是我自己。是比任何人都溫柔的幼小妹妹。

但是，我做錯了。沒能修正這個錯誤，就這麼懶散迷失的時候，妹妹靠著自己的力量獲得健康的身體。

然而，恢復活力的妹妹……再也不會像以前那樣述說夢想了。

『各位初次見面。我是擔任本屆新生總代表的周防有希。』

文雅有禮，舉止得宜，為了家庭而扮演稱職角色的這副模樣，簡直是當年的我。

我終於察覺了。察覺自己為了獲得這份狗屎般的自由而犧牲了誰。

都是因為我這麼沒出息。

所以原本比任何人都自由的妹妹，奉獻了自己的人生。

後記

大家好，今天又到了沒有任何用處的後記時間喔～～……雖然很想這麼說，但這次或許並非如此。因為今天不像以往沒有能寫的題材只好想到什麼廢文就亂寫。是的！這次居然存在著可以寫在這篇後記的題材！而且多達兩個！太棒了，九頁後記算什麼，儘管放馬過來吧！……所以這次沒有插入莫名其妙的卷末ＳＳ，我想要認真、正經地寫一篇後記。（中略）看來我完全是被荼毒……被訓練有素了！了不起！

話說，我想各位應該隱約察覺了，我要說的話題不是別的，是關於即將在二〇二四年四月開始播放的《遮羞艾莉》動畫版。啊，順帶一提，編輯大人說「依照輕小說業界的慣例，會配合動畫開播時間出版最新一集，第八集依照這個慣例是四月出」……但是要讓各位讀者枯等兩個月也很不好意思，所以作者獨斷決定第八集請編輯正常在二月出版。呼呼，怎麼樣？我是為讀者著想的小說作家吧？雖然說出這種話，不過到頭來說實話，是因為我自己如果突然空閒兩個月也不知道要做什麼。（中略）哎，不過我的心是形狀記憶合金，所以就算受挫也只要睡一晚就復原了。

嗯，總覺得離題了，回頭聊後記的題材吧。第一個題材是……在新加坡舉辦，簡稱為AFA的亞洲動漫節話題！十一月下旬舉辦的AFA舞台活動，在下燦燦SUN居然以《遮羞艾莉》動畫版原作者的身分受邀參加了！哈哈哈，文豪會拿出版社的經費住進溫泉旅館閉關寫作～這種像是都市傳說的事情時有耳聞，沒想到我居然會拿出版社的經費出國旅……我是說出差。實際上，在動畫播放之前舉辦這種活動，這樣的情況在KADOKAWA似乎也是相當稀奇的事，所以我非常感謝。細細感受這份恩惠的我，這輩子第一次飛往海外……是的，人生第一次出國。為此我也首度辦了護照。當我說出這件事，同行的KADOKAWA工作人員問我說「咦！沒出過國就寫出《遮羞艾莉》嗎？」不帶惡意地吃了一驚……不，若要這麼說，撰寫異世界奇幻作品的作家也（應該）沒去過異世界才對。（中略）所以沒出過國的我寫出《遮羞艾莉》也沒什麼好奇怪的！我就像這樣無視於自己是單純的室內派（極），試著為自己辯護。

沒錯，我是超室內派。原則上在假日不想外出。在我的心目中，沒待在家裡就不算是假日。因為是這種個性，別說出國，我對國內旅行也完全沒興趣，不過這次的新加坡之行快樂得亂七八糟。雖然我完全不會說英語（基本上只會說Yes、No、Thank you、OK、I see），但是多虧KADOKAWA的工作人員們完美擔任導遊，所以過得非常舒適。事前認識的出差人員只有責任編輯以及動畫製作人，不過宣傳部的各位都非常親切又和善……宣傳部所屬的人以職業來說果然是溝通強者吧。而且上坂すみれ小姐以及她的髮妝師與經紀人，也都非常親切又健談。

……啊，是的。我也嚇了一跳。這次的出差，動畫版飾演艾莉的聲優上坂すみれ小姐，從羽田機場就和我同行。是一位真的令我以為是艾莉本人的大美女，所以我嚇了一跳，嗯。我預先知道會在ＡＦＡ的舞台活動一起登台，但我滿腦子都是「基本上應該是各自行動，活動當天才在會場會合吧」這個想法……但我們搭乘同一班飛機。真要說的話好像只隔了一個座位坐在同一排，不過我直到下機要拿行李的時候才發現就是了。順便補充一下，坐在我與上坂すみれ小姐中間的人，好像也是在ＡＦＡ出演的女性聲優。這是我後來聽上坂すみれ小姐說明才首度知道的事。

應該說？我是第一次見到上電視的藝人耶？第一次出國就和超有名聲優一起出國是怎麼回事？總之，我看著遠方感慨心想「真的是世事難預料耶」降落在新加坡……不，新加坡單純就是非常驚人。說到哪裡驚人，首先建築物很驚人。每棟建築物都很前衛，連普通公寓都在顏色或外型展現個性，感覺到「我不想蓋出量產型的建築物！」這種建築家的志氣。而且，明明建築物令人覺得如此充滿品味，卻好好保存了大自然。行道樹本身就比日本的高得多，整個城市真的感覺得到大自然與科學的融合而令人懾服。

而且在ＡＦＡ的舞台活動開始之後再度令我吃驚。觀眾們居然大多聽得懂日語。在口譯人員幫我翻譯成英文之前，就有大約三成的人做出反應。而且興致高昂。即使是聽編輯大人說「我覺得上台的服裝是襯衫加西裝外套最穩！」就回應「知道了！襯衫加西裝外套是吧！」穿上胸前大大印著艾莉的T恤（記得是台灣的精品）上台的我，新加坡的大家也很捧場對我笑了。人真好。

在舞台活動結束之後，我和上坂すみれ小姐一起舉辦簽名會，但我這時候被上坂すみれ小姐震懾到了……明明英語能力和我差不多，卻以非～～常厲害的口才炒熱氣氛。從觀眾們的上衣或手上物品看出喜歡的作品，聊起這部作品或是聲優好友的話題，而且不時插入至今配音角色的招牌台詞，在簽名的同時一～～直聊天炒熱氣氛。反觀我則是被這份了不起的服務精神與演藝天分震懾，縮著身體默默簽名。應該說，自己的拙劣簽名和上坂すみれ小姐的簽名放在一起真的沒問題嗎？我至今依然感到疑問。

總之就是這種感覺，我接觸到頂尖聲優的偉大以及新加坡人們的和善，活動結束之後的夜晚去了賭場。是真實的賭場喔，真實的賭場！這正是海外！雖然沒有兔女郎就是了！可惡，為什麼……兔女郎不在賭場的話到底在哪裡？其實是瀕危物種嗎？還是說「棲息在賭場」是日本人的擅自想像？不然去拉斯維加斯見得到嗎？真實的兔女郎到底在哪裡？在沒有兔女郎的賭場到底要做什麼才好啊啊啊——！……在我這麼心想的時候，手頭的錢（約六千日圓）在輪盤輸得乾乾淨淨。

燦燦SUN慾望與謀略的賭場篇，完！

就這樣我獲得了各種寶貴的經驗。在此重新感謝各位相關人士。若動畫創下佳績，這次請帶我去拉斯維加斯。直到看見真實的兔女郎！我的冒險都不會結（以下自重）。

那麼，接下來的第二個題材，就是錄音！動畫版《遮羞艾莉》第一集錄音現場的話題！就是經常在漫畫單行本後記附錄漫畫介紹的那個。實際上，《遮羞艾莉》漫畫版第四集好像也會畫。漫畫那邊是由手名町老師附圖介紹錄音現場，所以方便的話漫畫版也請各位確認看看喔！好，宣傳目標達成。不過這次沒特別拜託我就是了。

所以，手名町老師沒能完全介紹的部分就由我來介紹……雖然這麼想，不過這篇報告漫畫的分鏡稿寄來之後……發現畫得比我想像的還要詳細，看來沒有我要寫的部分，應該說手名町老師的人型虛擬化身真的很噁心耶。我想想，該怎麼辦？唔～～……啊，對了對了。在這個錄音現場，我第一次見到もこ老師喔！至今甚至沒有互傳訊息，只在初次打招呼的時候寄過一次私人訊息，不過在連載的第三年終於見面了。我好感激。啊，手名町老師是第二次見面。漫畫版開始連載之前，在開會的時候見過一次面。手名町老師不只和我同年而且是溝通強者，所以第二次完全是朋友的調調了。

就這樣，錄音工作正式開始……天啊，職業聲優真的好厲害。總之這種感想應該任何人都說得出來，也有畫進手名町老師的報告漫畫，所以我刻意不說明主要角色的錄音過程。相對的，我想說的是路人角色背景聲音的演技！就是在教室或餐廳有許多路人角色吱吱喳喳聊天的那種聲音！那個好厲害！各位知道嗎？那個不是使用現成的喧囂聲，是聲優們當場即興錄製的。而且應該是湊巧坐在一起的兩三個人進行對話。不只如此，還錄製了男女混合的版本、女性們站在麥克風前面以女性為主的版本，以及反過來由男性們站在麥克風前面以男性為主的版本。被要求「好，開始吧」就全部以即興劇形式聊起來的聲優們真的好厲害。如果是我，我有自信在突然被要求的時候只說得出「天……天氣真好耶～～」這句話。說來遺憾，我不像聖德太子或是政近能夠同時聽得出十人的對話，所以沒能知道誰說了哪句台詞……總之餐廳的對話確實有趣到像是短劇。雖然會劇透所以不能詳細說明內容，不過方便的話請各位試著聽出對話內容。因為真的令人拍案叫絕。

就像這樣，主要角色錄音完畢，背景聲音也錄音完畢，A段結束。在這個時間點大約經過兩小時。事前聽說預定收錄的時間是四到五小時，看這個速度好像可以提早結束吧……正如預料，B段大約一個半小時就錄完……才剛這麼想，接下來居然是額外新增的俄語錄製！在俄畜老師的監修之下，分別錄製每一句台詞，這部分總之很辛苦。因為直到剛才是由動畫導演與音響導演（還有我）進行「這裡要更加親密」或是「感覺再開朗一點」或是「咦？鎳的發音不是二聲而是四聲吧？」這種演技與發音的指示，現在還加上俄語發音的指導。即使俄語發音正確，要是從演技來看和角色形象不同就要重來。不只如此，動畫製作團隊這邊原本也大致預測實際說俄語的時間長度而準備影像，所以會出現「咦？說成俄語之後比想像的還長？這裡的影像能再延長一點嗎？」而苦惱的狀況……在這樣的狀況中，我獨自輕聲說出「對不起……都是因為我抱著隨便的心態寫了很多俄語，害得各方面的人們這麼辛苦……」這種話。所以我原本以為「這段額外新增的錄音感覺會很久……！」不過聲優在這方面果然專業。好厲害。原本就會說俄語的上坂すみれ小姐當然不用說，其他人應該也事先練習過好幾次再過來的吧。一次ＯＫ的狀況也不少見，這個段落大約三十分鐘就結束了。

不過，再怎麼說也要四個小時。沒想到一集的分量要花這麼久的時間，真驚人。心想「這份工作真的好辛苦」的我，正要回去的時候被飾演政近的天崎滉平先生搭話，詢問「請問把政近飾演成那種感覺沒問題嗎？」，真的是一位謙恭的好男人。天啊，真是了不起。現在寫這篇後記的時間點已經錄完兩集，但不只是天崎滉平先生，聲優們的演技都很出色。影像也是在半成品的狀態就已經透露作畫之美，真的從現在就很期待完成。所以我認為動畫版《遮羞艾莉》絕對會成為一部好作品，請各位也務必收看！好，沒人拜託我的宣傳第二彈結束！

然後說著說著……這次分到的九頁後記篇幅不知不覺被我打敗了。哈，不足掛齒的傢伙。打起來沒什麼感覺，害我不小心打到溢傷了。怎麼辦，不刪減一些的話會放不下謝辭。嗯，好，開頭部分刪掉三段之後勉強確保了一頁多的篇幅。總覺得刪得很草率但是不管了。放上被刪除部分的未刪減完全版不會特別在哪個地方公開。那麼，接下來進入謝辭部分。

這次也因為我緩步前進到有點超過，而在年關時期造成莫大困擾的編輯宮川大人，在新加坡出差以及錄音現場都備受您的照顧了，真的總是非常謝謝您。再來是本次也繪製許多美妙插圖的ももこ老師。抱歉在應該很忙的年底發了插圖委託給您。不只在本集也提供各種美妙的插圖，畫集的封面也是洋溢清涼感……啊！糟了！忘記宣傳畫集了！《遮羞艾莉》第一本畫集預定在二〇二四年七月和原作第九集同時發售，請各位多多捧場！也預定收錄獨家的全新插圖，所以千萬不能錯過！不妙，行數快用完了。那個，接下來是每次都細心繪製高品質漫畫版的手名町老師。終於從年初開始進入原作第二集的內容了。我現在就很期待綾乃、沙也加與乃乃亞的登場！在最後，漫畫化相關業務的責編鈴木大人、畫集責編岩田大人、宣傳部的各位、動畫工房的各位、配音陣容的各位、其他參與《遮羞艾莉》製作的所有恩人，以及拿起《遮羞艾莉》的所有讀者，容我致上連南瓜怪都不夠裝的滿滿謝意。真的很謝謝大家！二〇二四年也請多多指教！在下一集以及畫集的後記再見吧。要記得喔！（註：以上為日本方面的情況。）

《遮羞艾莉》
請各位多多支持
與指教！

國家圖書館出版品預行編目資料

不時輕聲地以俄語遮羞的鄰座艾莉同學/燦燦SUN
作；哈泥蛙譯. -- 初版. -- 臺北市：臺灣角川股份有
限公司, 2024.06-
冊；　公分. -- (Kadokawa fantastic novels)

譯自：時々ボソッとロシア語でデレる隣のアー
リャさん
ISBN 978-626-400-089-5(第8冊：平裝)

861.57　　113005006

Kadokawa
Fantastic
Novels

不時輕聲地以俄語遮羞的鄰座艾莉同學 8

（原著名：時々ボソッとロシア語でデレる隣のアーリャさん 8）

2024年7月25日 初版第1刷發行
2024年8月27日 初版第2刷發行

作者：燦燦SUN
插畫：ももこ
譯者：哈泥蛙

發行人：台灣角川股份有限公司
總監：呂慧君
總編輯：蔡佩芬
主編：林秀儒
編輯：黎夢萍
設計指導：陳晞叡
美術設計：吳佳昫
印務：李明修（主任）、張加恩（主任）、張凱棋、潘尚琪

發行所：台灣角川股份有限公司
地址：104台北市中山區松江路223號3樓
電話：（02）2515-3000
傳真：（02）2515-0033
網址：www.kadokawa.com.tw
劃撥帳戶：台灣角川股份有限公司
劃撥帳號：19487412
法律顧問：有澤法律事務所
製版：尚騰印刷事業有限公司
ISBN：978-626-400-089-5